U0066636

瑞蘭國際

瑞蘭國際

信不信由你
INDONESIA
一週開口說
印尼語
許婉琪 著／繽紛外語編輯小組 總策劃

推薦序1

ARIEF FADILLAH
Kepala Kantor Dagang dan Ekonomi Indonesia di Taipei

“bahasa adalah kunci untuk membuka jendela dunia”, dengan mempelajari dan memahaminya kita mendapatkan berbagai informasi termasuk sosial, budaya dan perekonomian. Indonesia saat ini semakin dikenal mengingat perekonomiannya semakin meningkat sehingga beberapa negara tertarik untuk melakukan kunjungan dan kerjasama ekonomi termasuk Taiwan. Melalui buku ini, saya harapkan dapat membantu dan menjadi panduan berkomunikasi bagi masyarakat Taiwan yang ingin mengenal lebih jauh tentang Indonesia.

艾立富
駐台北印尼經濟貿易代表處 代表

「語言是打開世界之窗的一把鑰匙」，透過學習語言我們可以得到各式各樣的資訊，包含社會、文化及經濟。印尼現在越來越受到世界注目，是因為日漸蓬勃的經濟，因此許多國家被吸引來到印尼尋求合作的機會，這其中也包括了台灣。我希望透過本書，可以幫助以及成為想更認識印尼的台灣人的溝通指南。

推薦序2

葉非比

駐印尼台北經濟貿易代表處 副代表

(Taipei Economic and Trade Office, Jakarta, Indonesia)

印尼是東協的龍頭，與台灣關係日益密切，學習印尼語是時代的趨勢與需要，欣見 Molis 這本深入淺出又實用有趣的書出版，大家一起進入印尼語的奇妙世界！

《一週開口說印尼語》讓您交到更多的印尼朋友！

1998 年 3 月份，由於家鄉治安不穩定，讓我第一次踏進台灣這個美麗的國家。在那之後，因為求學的緣故，2001 年 7 月我又回再度來到台灣，而現在，台灣已經變成了我的第二個家，我愛上台灣了。

還記得當初的心情——既難過又不捨得地離開了自己的家鄉，帶著害怕又緊張的心情來面對新的語言及生活環境。就是這樣，我非常了解到一個陌生的國度卻無法溝通的感受。一點都不誇張，當初就連要買些吃的都有困難，又如何談得上認識及喜歡這個國家呢？

近年來看到有不少印尼的朋友來到台灣，我感到非常高興。只是在我的腦海裡浮現了一個疑問，每個印尼朋友來到台灣的目的或許不一樣，但有一件事情是一樣的，他們需要溝通，但是假如語言不通時，該怎麼辦呢？由於看到了這樣的需要，心裡默默地祈求，會不會將來有一天，我可以在這方面有所貢獻，回饋我最愛的印尼及台灣呢？

感謝神，機會的門終於敞開了，讓我能在駐台北印尼經濟貿易代表處兼有印尼語教師一職。雖然從事教學的時間還不算久，但當在我與學生互動時，我看到他們對印尼語的熱情，心裡覺得非常開心，但另一方面又覺得很遺憾，因為在台灣一直缺乏一本學習印尼語的好書，真希望自己能出這樣的書來幫助這些熱情的學生們，讓他們有機會學習並說出一口好的印尼語。

就在 2014 年，真的美夢成真了！機會確實是留給準備好的人，感謝瑞蘭出版社找上我，經過這段時間的努力，本書終於誕生。真心希望這本書能帶給台灣朋友更多的收獲，尤其現在台灣有不少來自印尼的朋友。此時此刻，您不需要到印尼才能學好印尼語了，只要翻開本書，跟著《信不信由你 一週開口說印尼語》，搭配 MP3，直接就能開口說出漂亮的印尼語！

許婉琪
Molis Hoei

本書特色：

1. 拉丁字為印尼語的基本拼音文字，總共有 26 個字母，也就是大家熟悉的 26 個英文字母。
2. 這本書前面 4 天將按照發音之分類，帶著大家來認識這 26 個字母。首先會介紹單母音及雙母音之發音，其次介紹無聲的單子音（清音），接著介紹有聲的單子音（濁音），再來介紹剩下的單子音和雙子音。由於有一些發音聽起來很像但其實又不一樣，所以了解這些發音的分類，會更容易察覺何時使用哪個字母。
3. 後面的 3 天將介紹給讀者認識一些日常生活常用的單詞和句子，如自我介紹、詢問職業和電話、安排約會、買東西、看病等。此外，為了讓讀者可以直接練習應用所學的單詞和句子，所以設定了一些簡單的會話。

祝大家學習愉快！

如何
使用本書

學習印尼語的字母、發音、單字

Step 1

學習語言的第一步，就要從最基本的字母、發音開始！本書星期一到星期四，依序學習印尼語的單母音、雙母音、單子音、雙子音。不但學習發音重點，還搭配單字、短句，讓您現學現賣，印尼語立刻開口說！

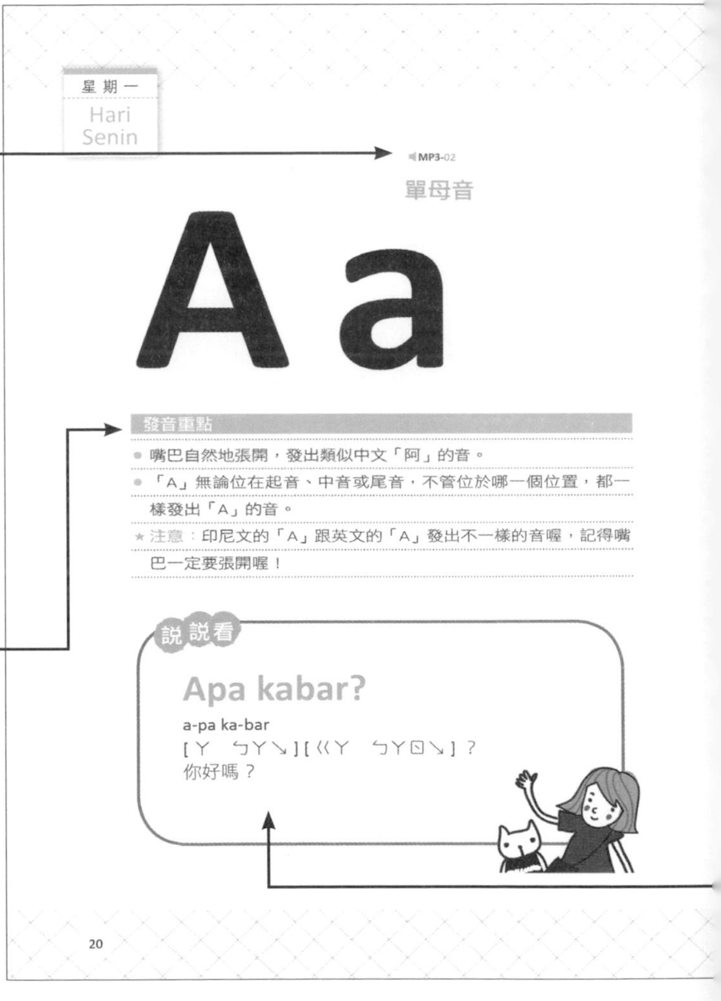

MP3 序號

配合MP3學習，印尼語基本字母母音、子音、特殊發音、外來語詞彙，更快開口說！

發音重點

不僅用嘴型說明，更用注音符號搭配學習，掌握印尼語字母發音，訣竅就在這裡！

自我練習

每一天的學習最後，都有「發音練習」、「聽力練習」、「單詞練習」，學完一天就自我練習一次，累積印尼語實力！

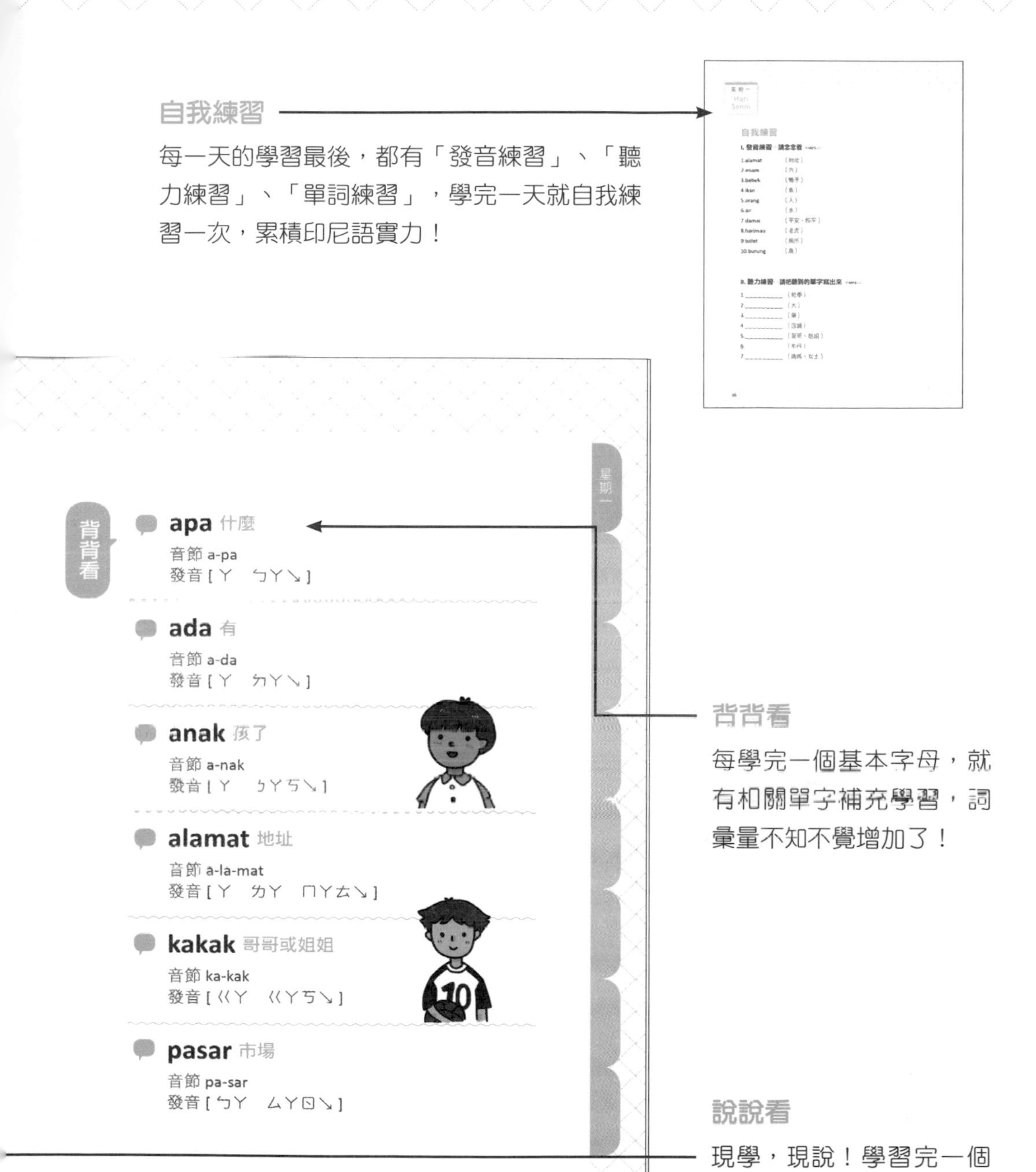

背背看

每學完一個基本字母，就有相關單字補充學習，詞彙量不知不覺增加了！

說說看

現學，現說！學習完一個基本字母，立即學習常用的印尼語短句！

學習印尼語的簡單文法、短句及會話

星期五
Hari Jumat

學習要點：
一起來學學簡單的印尼語文法吧！

1. 印尼語的人稱代名詞 MP3-49

在印尼語中，人稱代名詞可分為單數及複數，還有第一人稱、第二人稱及第三人稱。只要把這些記住就可以完整表達印尼語了。

印尼語的人稱代名詞

		第一人稱	第二人稱	第三人稱
單數	正式	saya [ㄙㄚ ㄧㄚ↘] 我	Anda [ㄢ↘ ㄉㄚ↘] 您	Beliau [ㄅㄜ↗ ㄌㄧ ㄠ↘] 他／她（對尊敬的人）
	非正式	aku [ㄚ ㄍㄨ↘] 我	kamu [ㄍㄚ ㄇㄨ↘] 你	dia [ㄉㄧ ㄚ↘] ia [ㄧㄚ↘] 他／她
複數		kami [ㄍㄚ ㄇㄧ↘] 我們（不包含說話的對象） kita [ㄍㄧ ㄉㄚ↘] 我們（包含說話的對象）	kalian [ㄍㄨㄚ↗ ㄌㄧ ㄢ↘] 你們	mereka [ㄇㄜ↗ ㄖㄝ ㄍㄚ↘] 他／她們

116

簡易文法

在進入會話單元前，先學習基礎的印尼語的文法，學習包含人稱代名詞還有所有格，原來開口說印尼語這麼簡單！

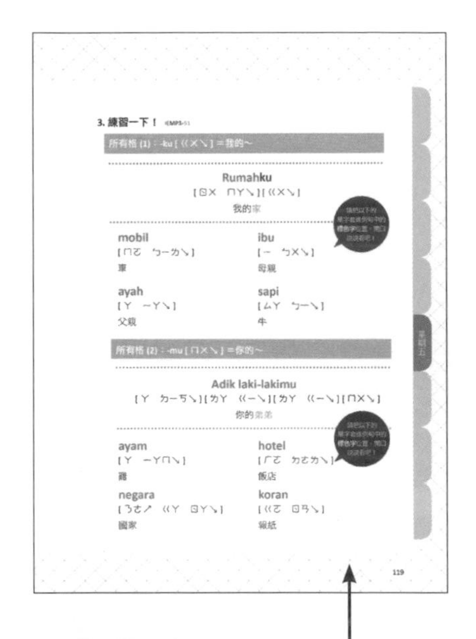

3. 練習一下！ MP3-51

所有格 (1)：-ku [ㄍㄨ↘] = 我的～

Rumahku
[ㄖㄨ ㄇㄚ↘][ㄍㄨ↘]
我的家

mobil [ㄇㄛ ㄅㄧ ㄌ↘] 車
ibu [ㄧ ㄅㄨ↘] 母親
ayah [ㄚ ㄧㄚ↘] 父親
sapi [ㄙㄚ ㄅㄧ↘] 牛

所有格 (2)：-mu [ㄇㄨ↘] = 你的～

Adik laki-lakimu
[ㄚ ㄉㄧ ㄎ↘][ㄌㄚ ㄍㄧ↘][ㄌㄚ ㄍㄧ↘][ㄇㄨ↘]
你的弟弟

ayam [ㄚ ㄧㄚㄇ↘] 雞
hotel [ㄏㄛ ㄉㄜㄌ↘] 飯店
negara [ㄋㄜ↗ ㄍㄚ ㄖㄚ↘] 國家
koran [ㄍㄛ ㄖㄢ↘] 報紙

星期五

119

套進去說說看

每一個會話場景都有短句、單字替換練習，邊套進去邊說說看，既能熟悉短句又能學習新的單字！

學習印尼語的下一步，就是要開口說出日常生活中的常用短句。本書從星期五到星期日，共有十四個會話場景，讓您循序漸進學習印尼語。

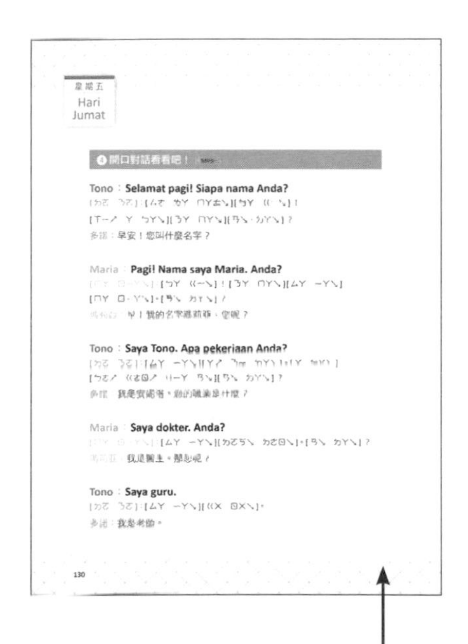

星期五
Hari Jumat

4 開口對話看看吧！

Tono：Selamat pagi! Siapa nama Anda?

多諾：早安！您叫什麼名字？

Maria：Pagi! Nama saya Maria. Anda?

Tono：Saya Tono. Apa pekerjaan Anda?

Maria：Saya dokter. Anda?

Tono：Saya guru.

多諾：我是老師。

130

開口對話看看吧！

所有的對話，都是印尼人天天說的生活印語，您也開口說說看吧！

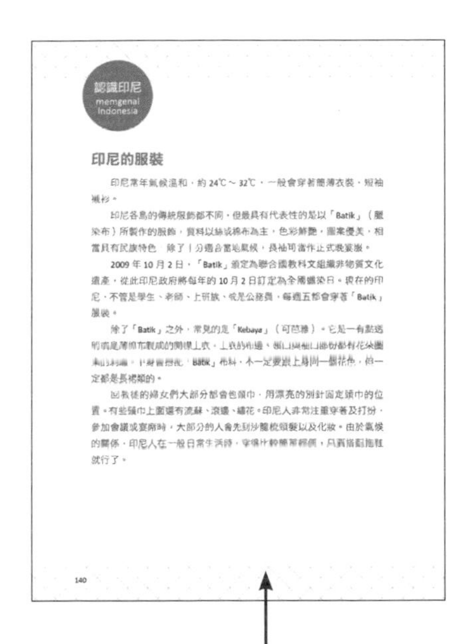

認識印尼
memgenal Indonesia

印尼的服裝

印尼常年氣候溫和，約 24℃～32℃，一般會穿著簡薄衣裝，短袖襯衫。

印尼各島的傳統服飾都不同，但最具有代表性的是以「Batik」（蠟染布）所製作的服飾，質料以絲或棉布為主，色彩鮮艷，圖案優美，相當具有民族特色。[illegible]

2009 年 10 月 2 日，「Batik」選定為聯合國教科文組織非物質文化遺產，從此印尼政府將每年的 10 月 2 日訂定為全國蠟染日。現在的印尼，不管是學生、老師、上班族、或是公務員，每週五都會穿著「Batik」服裝。

除了「Batik」之外，常見的是「Kebaya」（可芭雅）。[illegible]

[illegible]

140

認識印尼

每一天學習的最後，都有一篇「認識印尼」文化小單元，學習印尼語更要了解印尼的風俗民情，您也會深深愛上印尼！

目錄

P.002 推薦序 1
P.003 推薦序 2
P.004 作者序
P.006 如何使用本書
P.014 認識印度尼西亞語

星期一
Hari Senin

P.020 單母音 A、I、U、E、O
P.030 雙母音 AI、AU、OI
P.036 自我練習
P.038 認識印尼：印尼的地理概況 1

P.044 單子音（清音）C、F、H、K、P、S、T
P.060 自我練習
P.062 認識印尼：印尼的地理概況 2

星期三
Hari Rabu

P.066 單子音（濁音）B、D、G、J、V、Z
P.078 自我練習
P.080 認識印尼：印尼的文化習俗

P.086 單子音 L、M、N、Q、R、W、X、Y
P.102 雙子音 SY、KH、NG、NY
P.110 自我練習
P.112 認識印尼：印尼的樂器及音樂

目錄

星期五
Hari Jumat

P.116 一起來學學簡單的印尼語文法吧！
P.121 1. 問候語
P.122 2. 祝賀語
P.124 3. 打招呼
P.126 4. 自我介紹
P.132 5. 家族樹
P.138 6. 印尼語中常用之疑問句
P.140 認識印尼：印尼的服裝

星期六
Hari Sabtu

P.144 1. 數字：1、2、3
P.150 2. 購物：這～多少錢？
P.156 3. 約會：時間、場所
P.171 4. 連絡：電話號碼
P.173 認識印尼：印尼的飲食習慣

P.176 1. 去哪裡？

P.179 2. 點餐

P.185 3. 看醫生

P.191 4. 我喜歡～（興趣）

P.194 認識印尼：印尼的觀光景點

附錄

P.198 自我練習解答

認識印度尼西亞語

印度尼西亞語 Bahasa Indonesia（別稱印尼語）是以馬來語為基礎而發展起來的，屬於南島語系（Austronesia）。過去馬來語曾經是印尼的通用語言，直到 1928 年才開始提倡「印尼語」成為印尼的統一語言，後來在 1945 年獨立時，憲法正式將印尼語（Bahasa Indonesia）定為國語（national language）。

Bahasa Indonesia 的意義：

Bahasa ＝語言，Indonesia ＝印度尼西亞（印尼）

印尼語在發展過程中受到許多外國及地方語言的影響，如荷蘭語、英語、阿語、漢語、葡萄牙語等語言。因此，在印尼語詞彙中可以見到不少跟這些語言很相似的詞語。直到如今，印尼語仍然不斷吸收以英文為主的外來語詞彙。

印尼語和馬來語除了在一些個別詞彙（vocabulary）和字母發音（pronunciation）上有所區別外，其他方面基本上相同，還可以溝通。

學習印尼語秘訣

印尼語算是一種簡單學習的語言，由於語法單純、沒有特別的陰陽性分類、也沒有強烈的長輩晚輩之分，所以初學者很快就能學會說印尼語。

學印尼語只要掌握三點就行了，那就是發音、詞彙及勇氣。把更多的詞彙背起來，就是我們這本書的目的囉。加油！

印尼語大小寫

印尼語的大小寫跟英文的大小寫類似。大寫字除了會出現在句子的一開始，也會出現在姓名，或者跟宗教、榮譽稱號、景點等相關的專用詞，例如：

Menteri Dalam Negeri　－內政部部長
Danau Toba　－多巴湖
Bank Indonesia　－印尼銀行
Jawa Tengah　－中爪哇
Palang Merah Indonesia　－印尼紅十字會
Ibu Anita　－安妮塔女士
Umat Islam　－伊斯蘭教徒

Apa kabar?

[ㄚ　ㄅㄚ↘]

[ㄍㄚ　ㄅㄚ⧅↘]？

你好嗎？

－學習內容－

單母音 A、I、U、E、O 和雙母音 AI、AU、OI

－學習目標－

學好 5 個單母音和 3 個雙母音！加油！

學習要點：

印尼語的字母及發音

印尼語採用拉丁文字為基本拼音文字，總共有 26 個字母，也就是大家熟悉的 26 個英文字母。雖然這些字母跟英文字母相同，不過有些字母的讀法不相同。

印尼語單詞乃由字母組合而成，而且字母就是音標。因此只要掌握字母與發音規則，就是朝開口說印尼語邁開了第一步。

印尼語字母表： MP3-01

字母	發音	字母	發音
a	【a】	n	【ɛn】
b	【bɛ】	o	【o】
c	【cɛ】	p	【pɛ】
d	【dɛ】	q	【kiu】
e	【ɛ】	r	【ɛr】
f	【ɛf】	s	【ɛs】
g	【gɛ】	t	【tɛ】
h	【ha】	u	【u】
i	【i】	v	【vɛ】
j	【jɛ】	w	【wɛ】
k	【ka】	x	【ɛks】
l	【ɛl】	y	【yɛ】
m	【ɛm】	z	【zɛt】

印尼語的 26 個字母可分成 5 個母音和 21 個子音。除了 5 個單母音（a、i、u、e、o）之外，還有 3 個雙母音（ai、au、oi）。這些單母音和雙母音在單詞中可當做起音、中音和尾音。

印尼語中單個音素若按照一定的語音規則湊在一起，便可以構成音節。音節會幫助初學者發出印尼語的單詞，音節基本形式如下：

（一）單個母音 → **a–pa** ＝什麼

（二）母音＋子音 → **an–da** ＝您

（三）子音＋母音 → **sa–ya** ＝我

（四）子音＋母音＋子音 → **cin–ta** ＝愛

在劃分音節時，必須注意以下事項：

- 1 個子音前後是母音時，該子音做為後面母音的起音。例：**a–pa**（什麼）
- 2 個或 2 個以上單母音並列（不是雙母音）時，他們必須分別構成單獨的音節。例：**si–a–pa**（誰）
- 2 個母音之間有 2 個或 2 個以上的子音時，第一個子音作尾音，第二個子音作起音。例：**pin–tu**（門）

每一種語言都各有自己的特色，印尼語沒有特別強調音調部分，音調會隨著要表達出來的意思發出不一樣的高低音。

星期一
Hari Senin

MP3-02

單母音

發音重點

- 嘴巴自然地張開，發出類似中文「阿」的音。
- 「A」無論位在起音、中音或尾音，不管位於哪一個位置，都一樣發出「A」的音。

★注意：印尼文的「A」跟英文的「A」發出不一樣的音喔，記得嘴巴一定要張開喔！

說說看

Apa kabar?

a-pa ka-bar

[ㄚ　ㄅㄚ↘][ㄍㄚ　ㄅㄚㄖ↘]？

你好嗎？

背背看

apa 什麼

音節 **a-pa**

發音 [ㄚ　ㄅㄚ↘]

ada 有

音節 **a-da**

發音 [ㄚ　ㄉㄚ↘]

anak 孩子

音節 **a-nak**

發音 [ㄚ　ㄋㄚㄅ↘]

alamat 地址

音節 **a-la-mat**

發音 [ㄚ　ㄌㄚ　ㄇㄚㄊ↘]

kakak 哥哥、姐姐

音節 **ka-kak**

發音 [ㄍㄚ　ㄍㄚㄎ↘]

pasar 市場

音節 **pa-sar**

發音 [ㄅㄚ　ㄙㄚㄖ↘]

MP3-03

單母音

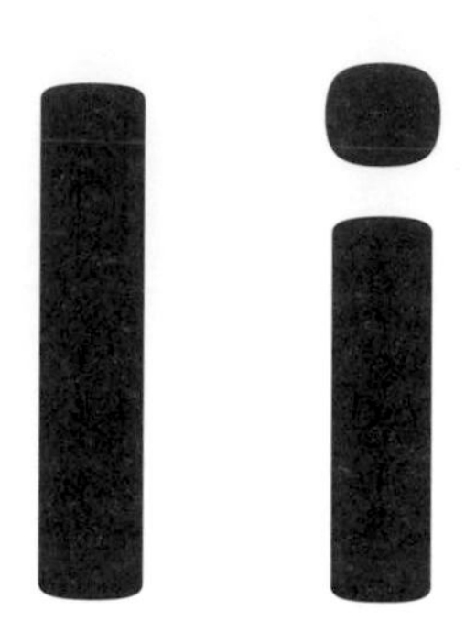

發音重點

- 嘴巴平開，發出類似中文「一」的音。
- 「I」無論位在起音、中音或尾音，不管位於哪一個位置，都一樣發出「I」的音。

★注意：印尼文的「I」跟英文的「I」，發出的音是不一樣的喔！發印尼語的「I」時，記得嘴巴一定要平開！

說說看

Terima kasih

te-ri-ma ka-sih

[ㄉㄜ ㄖㄧ ㄇㄚ↘][ㄍㄚ ㄒㄧ↘]

謝謝

背背看

ini 這

音節 i-ni

發音 [ㄧ　ㄋㄧ↘]

sini 這裡

音節 si-ni

發音 [ㄒㄧ　ㄋㄧ↘]

ikan 魚

音節 i-kan

發音 [ㄧ　ㄍㄢ↘]

gigi 牙齒

音節 gi-gi

發音 [ㄍㄧ　ㄍㄧ↘]

mini 迷你

音節 mi-ni

發音 [ㄇㄧ　ㄋㄧ↘]

pipi 臉頰

音節 pi-pi

發音 [ㄅㄧ　ㄅㄧ↘]

星期一
Hari Senin

MP3-04

單母音

發音重點

- 嘴巴稍微往前，類似拍照嘟嘴的動作，發出類似注音「ㄨ」的音。
- 「U」無論位在起音、中音或尾音，不管位於哪一個位置，都一樣發出「U」的音。

★注意：印尼文的「U」跟英文的「U」，發出的音是不一樣的喔！發印尼語的「U」時，記得要嘟嘴喔！

說說看

Sampai jumpa

sam-pai jum-pa

[ㄙㄚㄇ↘ ㄅㄞ↘][ㄓㄨㄇ↘ ㄅㄚ↘]

再見

背背看

umur 年齡

音節 u-mur

發音 [ㄨ ㄇㄨㄖ↘]

usaha 企業

音節 u-sa-ha

發音 [ㄨ ㄙㄚ ㄏㄚ↘]

ibu 媽媽、女士

音節 i-bu

發音 [ㄧ ㄅㄨ↘]

biru 藍色

音節 bi-ru

發音 [ㄅㄧ↘ ㄖㄨ↘]

burung 鳥

音節 bu-rung

發音 [ㄅㄨ ㄖㄨㄥ↘]

ular 蛇

音節 u-lar

發音 [ㄨ ㄌㄚㄖ↘]

MP3-05

單母音

Ee

發音重點

- 「E」代表 2 個音素：

  1. 中低母音 [ɛ]：嘴巴稍微張開往兩邊展開，舌頭抵住下排牙齒，發出類似注音「ㄝ」的音。

  2. 中央母音 [ə]：嘴巴稍微張開往兩邊展開，舌頭在中間，發出類似注音「ㄜ」的音。

- 「E」母音很特別，因為代表 2 個音素，唯一能知道何時發出 [ɛ] 的音或 [ə] 的音的辦法，就是把它記起來囉！

★ 注意：印尼文的「E」跟英文的「E」，發出的音是不一樣的喔！

說說看

Selamat datang

se-la-mat da-tang

[ㄙㄜ　ㄌㄚ　ㄇㄚㄊ↘] [ㄉㄚ　ㄉㄤ↘]

歡迎光臨

背背看

發中低母音 [ε]：

enak 好吃

音節 **e-nak**
發音 [ㄝ↘　ㄋㄚㄎ↘]

bebek 鴨子

音節 **be-bek**
發音 [ㄅㄝ↘　ㄅㄝㄎ↘]

ember 水桶

音節 **em-ber**
發音 [ㄝㄇ↘　ㄅㄝ㓀↘]

發中央母音 [ə]：

enam 六

音節 **e-nam**
發音 [ㄜ　ㄋㄚㄇ↘]

emas 黃金

音節 **emas**
發音 [ㄜ↗　ㄇㄚㄙ↘]

besar 大

音節 **be-sar**
發音 [ㄅㄜ↗　ㄙㄚ㓀↘]

MP3-06

單母音

發音重點

- 嘴巴形成圓圓的嘴型，發出類似注音「ㄛ」的音。
- 「O」無論位在起音、中音或尾音，不管位於哪一個位置，都一樣發出「O」的音。

★ 注意：印尼文的「O」跟英文的「O」，發出的音是不一樣的喔！印尼文的「O」比較簡潔有力！

說說看

Silakan

si-la-kan

[ㄒㄧ　ㄌㄚ　ㄍㄢ↘]

請

背背看

odol 牙膏

音節 **o-dol**
發音 [ㄛ　ㄉㄛㄌ↘]

obat 藥

音節 **o-bat**
發音 [ㄛ　ㄅㄚㄊ↘]

orang 人

音節 **o-rang**
發音 [ㄛ　ㄖㄤ↘]

toko 店鋪

音節 **to-ko**
發音 [ㄉㄛ　ㄍㄛ↘]

bola 球

音節 **bo-la**
發音 [ㄅㄛ　ㄌㄚ↘]

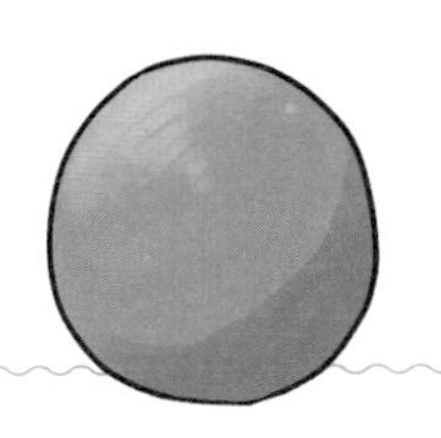

balon 氣球

音節 **ba-lon**
發音 [ㄅㄚ　ㄌㄛㄣ↘]

星期一
Hari Senin

MP3-07

雙母音

AI
ai

發音重點

- 「AI」就是「A」和「I」的連音，發音類似中文「唉」的音。
- 「AI」無論位在起音、中音或尾音，不管位於哪一個位置，都一樣發出「AI」的音。

說說看

Silakan masuk

si-la-kan ma-suk

[ㄒㄧ　ㄌㄚ　ㄍㄢ↘][ㄇㄚ　ㄙㄨㄎ↘]

請進

背背看

sampai 到達、至

音節 sam-pai

發音 [ㄙㄚㄇ↘　ㄅㄞ↘]

kaisar 皇帝

音節 kai-sar

發音 [ㄍㄞ↘　ㄙㄚㄖ↘]

air 水

音節 air

發音 [ㄚ　ㄧㄖ↘]

damai 平安、和平

音節 da-mai

發音 [ㄉㄚ↘　ㄇㄞ↘]

ramai 熱鬧

音節 ra-mai

發音 [ㄖㄚ↘　ㄇㄞ↘]

bagaimana 如何

音節 ba-gai-ma-na

發音 [ㄅㄚ　ㄍㄞ↘　ㄇㄚ　ㄋㄚ↘]

星期一

Hari Senin

MP3-08

雙母音

AU au

發音重點

- 「AU」就是「A」和「U」的連音，發音類似中文「ㄠ」的音。
- 「AU」無論位在起音、中音或尾音，不管位於哪一個位置，都一樣發出「AU」的音。

說說看

Silakan duduk

si-la-kan du-duk

[ㄒㄧ　ㄌㄚ　ㄍㄢ↘][ㄉㄨ　ㄉㄨㄎ↘]

請坐

背背看

pisau 刀子

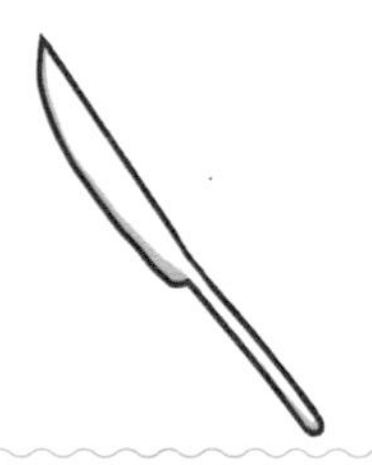

音節 pi-sau

發音 [ㄅㄧ　ㄙㄠ↘]

danau 湖

音節 da-nau

發音 [ㄉㄚ　ㄋㄠ↘]

harimau 老虎

音節 ha-ri-mau

發音 [ㄏㄚ　ㄖㄧ　ㄇㄠ↘]

aula 禮堂

音節 au-la

發音 [ㄠ　ㄌㄚ↘]

kerbau 牛

音節 ker-bau

發音 [ㄍㄜㄖ↘　ㄅㄠ↘]

kemarau 乾旱

音節 ke-ma-rau

發音 [ㄍㄜ　ㄇㄚ　ㄖㄠ↘]

星期一

Hari Senin

MP3-09

雙母音

發音重點

- 「OI」就是「O」和「I」的連音，發音類似注音「ㄛㄧ」的音。
- 「OI」無論位在起音、中音或尾音，不管位於哪一個位置，都一樣發出「OI」的音。

說說看

Silakan tunggu sebentar

si-la-kan tung-gu se-ben-tar

[ㄒㄧ　ㄌㄚ　ㄍㄢ↘][ㄉㄨㄥ↘　ㄍㄨ]
[ㄙㄜ　ㄅㄣ↘　ㄉㄚㄖ↘]

請等一下

背背看

Qi! 喂

通常使用在不知道對方名字、或突然忘記名字這種緊急情況，需要呼叫他人時，一般場合不建議使用。

音節 oi

發音 [ㄛㄧ↘] !

koboi 牛仔

音節 ko-boi

發音 [ㄍㄛ　ㄅㄛㄧ↘]

toilet 廁所

音節 toi-let

發音 [ㄉㄛㄧ↘　ㄌㄝㄊ↘]

自我練習

I. 發音練習—請念念看 MP3-10

1.alamat （地址）
2.enam （六）
3.bebek （鴨子）
4.ikan （魚）
5.orang （人）
6.air （水）
7.damai （平安、和平）
8.harimau （老虎）
9.toilet （廁所）
10.burung （鳥）

II. 聽力練習—請把聽到的單字寫出來 MP3-11

1.________________ （乾季）
2.________________ （大）
3.________________ （藥）
4.________________ （店鋪）
5.________________ （哥哥、姐姐）
6.________________ （牛仔）
7.________________ （媽媽、女士）

8.______________ （到達、至）
9.______________ （藍色）
10.______________ （年齡）

III. 單詞練習─連連看 MP3-12

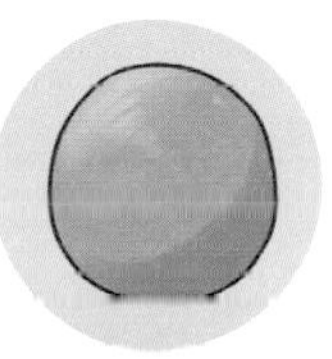

ular

kerbau

bola

gigi

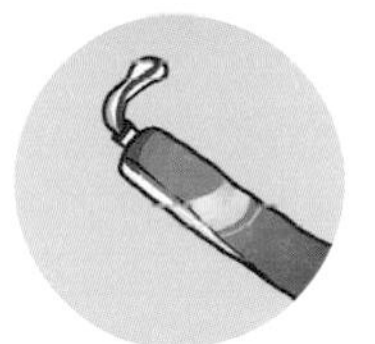

emas

odol

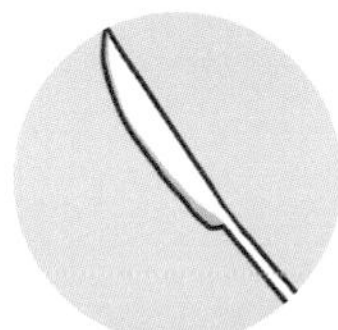

balon

pisau

＜印尼的地理概況 1 ＞

印度尼西亞又稱印尼，為東南亞國家之一。印尼約由 17,508 個大大小小的島嶼所組成，是全世界最大的群島國家，有「千島之國」的別稱。印尼人口約 2.5 億，為世界上人口第四多的國家。國會代表及總統皆由選舉產生。雅加達則為印尼的首都。

印尼歷年來的統治者因逐步吸收外國文化、宗教及政治型態，曾出現興盛的佛教及印度教王國。而後外國勢力因印尼豐富的天然資源而進入印尼，穆斯林商人帶入伊斯蘭教，歐洲勢力則帶來了基督教。

由於印尼島嶼遍布，所以國內有數百個不同的民族及語言，其中的爪哇族是最大的族群，他們同時在政治上有主導地位。國家語言和種族的多樣性、穆斯林占多數人口、被殖民歷史及反抗被殖民等都成為了印尼人的共同身分。印尼的國家格言「Bhinneka Tunggal Ika」（聯合眾人）闡明了這個國家的多樣性及型態。

印尼的地理位置

印尼的全國地圖

Terima kasih

[ㄉㄜ ㄖㄧ ㄇㄚ↘]
[ㄍㄚ ㄒㄧ↘]
謝謝

－學習內容－

單子音（清音）

C、F、H、K、P、S、T

－學習目標－

學好 **7** 個單子音（清音）！加油！

星期二

Hari Selasa

學習要點：

印尼語總共有 26 個字母，在第一天大家已經學會了 5 個母音和 3 個雙母音。接下來還有 21 個子音將會一一介紹給大家認識。印尼語的單詞需要由母音和子音共同組成。就像母音一樣，在單詞中子音也會在起音、中音及尾音出現。但是需要注意的是，若子音出現在尾音時，往往不會有很明顯的發音，甚至有時嘴巴只需要閉起來，不用發出聲音。

另外，印尼語的子音，有所謂無聲的「清音」和有聲的「濁音」之分。印尼語的清音和濁音分得很清楚，因此需要特別留意。今天會帶大家先認識 7 個清音的單子音「C、F、H、K、P、S、T」。

清音和濁音的差別就在於聲帶的振動。發清音時聲帶不振動，而發濁音時聲帶要振動。還有，印尼語中有一些成對的清濁音，如清子音 F、K、P、S、T，其相對應濁子音為 V、G、B、Z、D。在第三天，將帶著大家更深入地認識濁子音。

印尼語子音表：

		雙唇音	雙齒音	舌尖中音
塞音	清	p【pɛ】		t【tɛ】
	濁	b【bɛ】		d【dɛ】
鼻音		m【ɛm】		n【ɛn】
擦音	清		f【ɛf】	s【ɛs】
	濁		v【vɛ】	z【zɛt】
顫音				r【ɛr】
邊音				l【ɛl】
半母音		w【wɛ】		
塞擦音	清			
	濁			

		舌面中音	舌根音	混合舌葉音	喉音
塞音	清		k【ka】		
	濁		g【gɛ】		
鼻音		ny【ɲ】	ng【ŋ】		
擦音	清	sy【ç】	kh【x】		h【ha】
	濁				
顫音					
邊音					
半母音		y【yɛ】			
塞擦音	清			c【cɛ】	
	濁			j【jɛ】	

※注意！

q 字母的詞彙很少，通常用在回教的一些專有名詞。

x 字母也非常少，而且大多數屬於外來詞。

MP3-14

單子音（清音）

Cc

發音重點

● 嘴型扁平的，輕輕的發出類似注音「ㄗㄝ」的音。

★**註**：在以下單詞，「c」會發出類似注音「ㄙㄝ」的音，例如：

AC (air condition) 冷氣發音 [ㄚ　ㄙㄝ]

WC (water closet) 廁所發音 [ㄨㄝ　ㄙㄝ]

拼拼看

ca, ci, cu, ce, co

ca 發出類似注音「ㄗㄚ」的音、ci 發出類似注音「ㄐㄧ」的音
cu 發出類似注音「ㄗㄨ」的音、ce 發出類似注音「ㄗㄝ」的音
co 發出類似注音「ㄗㄛ」的音

說說看

Aku cinta kamu

a-ku cin-ta kamu

[ㄚ　ㄍㄨ↘][ㄐㄧㄣ↘　ㄉㄚ↘][ㄍㄚ　ㄇㄨ↘]

我愛你

背背看

星期二

cari 找

音節 ca-ri

發音 [ㄗㄚ　ㄖㄧ↘]

cantik 漂亮

音節 can-tik

發音 [ㄗㄢ↘　ㄉㄧㄎ↘]

cinta 愛、愛情

音節 cin-ta

發音 [ㄐㄧㄣ↘　ㄉㄚ↘]

cepat 快速

音節 ce-pat

發音 [ㄗㄜ　ㄅㄚㄊ↘]

cuci 洗

音節 cu-ci

發音 [ㄗㄨ　ㄐㄧ↘]

contoh 樣本

音節 con-toh

發音 [ㄗㄛㄣ↘　ㄉㄛ↘]

星期二

Hari Selasa

MP3-15

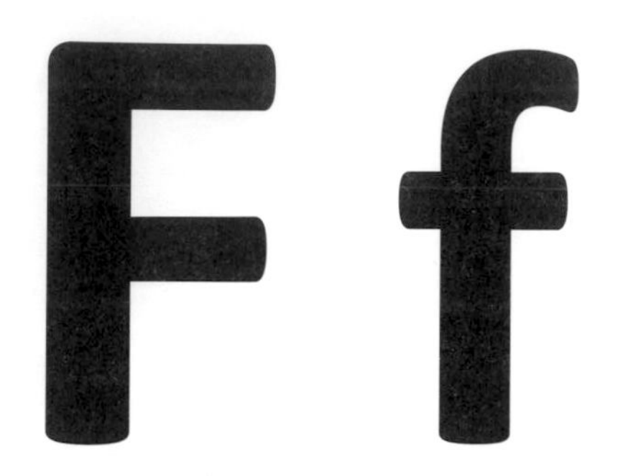

單子音（清音）

發音重點

- 嘴型扁平輕輕的發出類似注音「ㄝ」的音，接著透過雙齒間發出短短類似注音「ㄈ」的音。
- 唸法跟英文的「F」一模一樣！
- 「F」在尾音時則不發音，嘴型就像在吹蠟燭時一樣。
- 「F」幾乎使用在外來語。
- 「F」和「V」在單詞發音時聽起來很像，但其實是不一樣的！因為「F」的發音比「V」還輕。

拼拼看

fa, fi, fu, fe, fo

fa 發出類似注音「ㄈㄚ」的音、fi 發出類似注音「ㄈㄧ」的音
fu 發出類似注音「ㄈㄨ」的音、fe 發出類似注音「ㄈㄝ」的音
fo 發出類似注音「ㄈㄛ」的音

說說看

Selamat Idul Fitri

se-la-mat i-dul fit-ri

[ㄙㄜ　ㄌㄚ　ㄇㄚㄊ↘]
[ㄧ　ㄉㄨㄌ↘][ㄈㄧㄊ↘　ㄖㄧ↘]
新年快樂（指回教新年）

背背看

fakta 事實

音節 fak-ta

發音 [ㄈㄚㄎ↘　ㄉㄚ↘]

definisi 定義

音節 de-fi-ni-si

發音 [ㄉㄜ　ㄈㄧ↗　ㄋㄧ　ㄒㄧ↘]

fungsi 功能

音節 fung-si

發音 [ㄈㄨㄥ↘　ㄒㄧ↘]

fenomena 現象

音節 fe-no-me-na

發音 [ㄈㄝ　ㄋㄛ↗　ㄇㄝ　ㄋㄚ↘]

foto 照片

音節 fo-to

發音 [ㄈㄛ　ㄉㄛ↘]

huruf 字

音節 hu-ruf

發音 [ㄏㄨ　ㄖㄨㄈ↘]

星期二
Hari Selasa

MP3-16

H h

單子音（清音）

發音重點

- 嘴巴張開，從喉嚨用力的發出類似注音「ㄏㄚ」的音。
- 「H」在尾音時，不發音但有氣音。

拼拼看

ha, hi, hu, he, ho

ha 發出類似注音「ㄏㄚ」的音、hi 發出類似注音「ㄏㄧ」的音
hu 發出類似注音「ㄏㄨ」的音、he 發出類似注音「ㄏㄝ」的音
ho 發出類似注音「ㄏㄛ」的音

說說看

Selamat Ulang Tahun

se-la-mat u-lang ta-hun
[ㄙㄜ　ㄌㄚ　ㄇㄚㄊ↘]
[ㄨ　ㄌㄤ↘][ㄉㄚ　ㄏㄨㄣ↘]
生日快樂

背背看

harga 價格

音節 har-ga

發音 [ㄏㄚㄖ　ㄍㄚ↘]

hilang 不見

音節 hi-lang

發音 [ㄏㄧ　ㄌㄤ↘]

hujan 下雨

音節 hu-jan

發音 [ㄏㄨ　ㄓㄢˋ↘]

hemat 省

音節 he-mat

發音 [ㄏㄝ　ㄇㄚㄊ↘]

bohong 說謊

音節 bo-hong

發音 [ㄅㄛ　ㄏㄛㄥ↘]

rumah 房子

音節 ru-mah

發音 [ㄖㄨ　ㄇㄚ↘]

星期二

Hari Selasa

MP3-17

K k

單子音（清音）

發音重點

- 嘴巴張開，從舌根輕輕的發出類似注音「ㄍㄚ」的音。
- 「K」的位置在尾音時，不用發出音，舌根往上碰到軟顎，發出喉門音。

拼拼看

ka , ki , ku , ke , ko

ka 發出類似注音「ㄍㄚ」的音、ki 發出類似注音「ㄍㄧ」的音
ku 發出類似注音「ㄍㄨ」的音、ke 發出類似注音「ㄍㄝ」的音
ko 發出類似注音「ㄍㄛ」的音

說說看

Selamat Hari Natal

se-la-mat ha-ri na-tal

[ㄙㄜ　ㄌㄚ　ㄇㄚㄊ↘]
[ㄏㄚ　ㄖㄧ↘][ㄋㄚ↘　ㄉㄚㄌ↘]

聖誕節快樂

背背看

kaya 富有

音節 ka-ya
發音 [ㄍㄚ　ㄧㄚ↘]

kita 我們

音節 ki-ta
發音 [ㄍㄧ　ㄉㄚ↘]

kecap 醬油

音節 ke-cap
發音 [ㄍㄝ　ㄗㄚˋㄆˋ↘]

koran 報紙

音節 ko-ran
發音 [ㄍㄛ　ㄖㄢ↘]

kursi 椅子

音節 kur-si
發音 [ㄍㄨㄖ↘　ㄒㄧ↘]

baik 好

音節 ba-ik
發音 [ㄅㄚ　ㄧㄎ↘]

星期二

Hari Selasa

MP3-18

P p

單子音（清音）

發音重點

- 嘴型扁平，輕輕地發出類似注音「ㄅㄝ」的音。
- 「P」在尾音時，則不發音，嘴型是閉起來的。
- 「P」和「B」用印尼語發音時雖然聽起來很像，但其實不一樣喔！

拼拼看

pa, pi, pu, pe, po

pa 發出類似注音「ㄅㄚ」的音、pi 發出類似注音「ㄅㄧ」的音
pu 發出類似注音「ㄅㄨ」的音、pe 發出類似注音「ㄅㄝ」的音
po 發出類似注音「ㄅㄛ」的音

說說看

Selamat Tahun Baru

se-la-mat ta-hun ba-ru

[ㄙㄜ　ㄌㄚ　ㄇㄚㄊ↘]
[ㄉㄚ　ㄏㄨㄣ↘] [ㄅㄚ　ㄖㄨ↘]
新年快樂

背背看

panas 熱

音節 pa-nas

發音 [ㄅㄚ　ㄋㄚㄙ↘]

sapi 牛

音節 sa-pi

發音 [ㄙㄚ　ㄅㄧ↘]

pulang 回家

音節 pu-lang

發音 [ㄅㄨ　ㄌㄤ↘]

pergi 去

音節 per-gi

發音 [ㄅㄜㄖ↘　ㄍㄧ↘]

polisi 警察

音節 po-li-si

發音 [ㄅㄛ↗　ㄌㄧ　ㄒㄧ↘]

tutup 關閉

音節 tu-tup

發音 [ㄉㄨ　ㄉㄨㄆ↘]

星期二

Hari Selasa

MP3-19

Ss

單子音（清音）

發音重點

- 嘴型扁平，輕輕地發出類似注音「ㄝ」的音之後，再接著發出類似注音「ㄙ」的音。
- 發音跟英文的「s」一模一樣！
- 「s」的位置在尾音時，只要發出類似注音「ㄙ」的音。

拼拼看

sa, si, su, se, so

sa 發出類似注音「ㄙㄚ」的音、si 發出類似注音「ㄙㄧ」的音
su 發出類似注音「ㄙㄨ」的音、se 發出類似注音「ㄙㄝ」的音
so 發出類似注音「ㄙㄛ」的音

說說看

Panjang umur

pan-jang u-mur

[ㄅㄢ　ㄓㄤ↘][ㄨ　ㄇㄨㄖ↘]

長命百壽

背背看

salon 沙龍

音節 sa-lon

發音 [ㄙㄚ　ㄌㄛㄣ↘]

sibuk 忙碌

音節 si-buk

發音 [ㄙㄧ　ㄅㄨㄎ↘]

suka 喜歡

音節 su-ka

發音 [ㄙㄨ　ㄍㄚ↘]

sehat 健康

音節 se-hat

發音 [ㄙㄝ　ㄏㄚㄊ↘]

sopan 禮貌

音節 so-pan

發音 [ㄙㄛ　ㄅㄢ↘]

tas 包

音節 tas

發音 [ㄉㄚㄙ↘]

MP3-20

Tt

單子音（清音）

發音重點

- 嘴型扁平，輕輕地咬住舌尖，發出類似注音「ㄉㄝ」的音。
- 「T」的位置在尾音時，則不用發音，但舌尖位置要在牙齒的上下之間。
- 「T」和「D」用印尼語發音時雖然聽起來很像，但其實不一樣喔！

拼拼看

ta, ti, tu, te, to

ta 發出類似注音「ㄉㄚ」的音、ti 發出類似注音「ㄉㄧ」的音
tu 發出類似注音「ㄉㄨ」的音、te 發出類似台語茶「ㄉㄝ」的音
to 發出類似注音「ㄉㄛ」的音

說說看

Turut berduka cita

tu-rut ber-du-ka ci-ta
[ㄉㄨ　ㄖㄨㄊ↘] [ㄅㄜㄖ↗　ㄉㄨ　ㄍㄚ↘]
[ㄐㄧ　ㄉㄚ↘]
節哀順變

背背看

星期二

tahun 年

音節 ta-hun
發音 [ㄉㄚ　ㄏㄨㄣ↘]

tidur 睡覺

音節 ti-dur
發音 [ㄉㄧ↘　ㄉㄨㄖ]

tulis 寫

音節 tu-lis
發音 [ㄉㄨ↘　ㄌㄧㄙ]

teman 朋友

音節 te-man
發音 [ㄉㄜ↗　ㄇㄢ↘]

tolong 救命、請幫忙

音節 to-long
發音 [ㄉㄛ　ㄌㄛㄥ↘]

sakit 生病

音節 sa-kit
發音 [ㄙㄚ　ㄍㄧㄊ↘]

自我練習

I. 發音練習─請念念看 MP3-21

1. cari （找）
2. baik （好）
3. tutup （關閉）
4. huruf （字）
5. teman （朋友）
6. fungsi （功能）
7. cantik （漂亮）
8. tulis （寫）
9. sakit （生病）
10. panas （熱）

II. 聽力練習─請把聽到的單字寫出來 MP3-22

1. ______________ （報紙）
2. ______________ （快速）
3. ______________ （富有）
4. ______________ （年）
5. ______________ （救命、請幫忙）
6. ______________ （喜歡）
7. ______________ （健康）

8. ____________ （忙）

9. ____________ （去）

10. ____________ （回家）

III. 單詞練習─連連看 MP3-23

salon

kursi

kecap

foto

cinta

sapi

polisi

tidur

<印尼的地理概況 2 >

印尼有 5 個較大的島嶼，分別是蘇門答臘島、婆羅洲（島上有部分地區屬馬來西亞及汶萊）、爪哇島、蘇拉威西島及新幾內亞島（島上有部分地區屬巴布亞紐幾內亞），而首都雅加達就為位在爪哇島上，是印尼最大的城市。

印尼地處赤道周邊，屬於熱帶性氣候，由於季風而分為乾、濕兩季；印尼的年溫差小，雅加達的日均溫介於 26 至 30℃ 。

印尼位處地震頻繁的板塊交界處，2004 年印度洋大地震就是發生在印尼的北蘇門答臘，而 2006 年在爪哇島也發生過強烈地震。印尼全國至少有 150 座活火山，雖然火山有其威脅性存在，但火山灰肥沃的土壤對於農業卻有相當的貢獻。印尼除了農業十分發達，多島的地域性也使得漁獲豐饒，漁業對印尼人民也有相當的貢獻。

印尼貨幣是印尼盧比（Rupiah，稱為印尼盾），貨幣代碼為 IDR。

Aku cinta kamu

[ㄚ　ㄍㄨ↘][ㄐㄧㄣ↘　ㄉㄚ↘]
[ㄍㄚ　ㄇㄨ↘]
我愛你

星期三

Hari Rabu

Ha-ri Ra-bu

[ㄏㄚ ㄖㄧ↘][ㄖㄚ ㄅㄨ↘]

—學習內容—

單字音（濁音）**B、D、G、J、V、Z**

—學習目標—

學好**6**個單子音（濁音）！加油！

學習要點：

前一天我們已經學會了印尼語的無聲的「清音」子音。今天將介紹給大家認識 6 個印尼語的有聲的「濁音」子音「B、D、G、J、V、Z」。

有聲的「濁音」的子音發聲時，聲帶要振動。例如：

b → buku　（書）

d → dokter　（醫生）

g → gajah　（大象）

清、濁音的差異與學習，對初學者來說會比較不好學，其實它們就類似外國人學習中文注音「ㄓ、ㄔ、ㄕ」和「ㄗ、ㄘ、ㄙ」時，聽起來一樣但實際上卻不一樣。只要透過幾次練習之後，相信每個人都能說出一口好印尼語。

舉例來說，印尼語中有一些成對的清、濁音，例如：

bola	（球）	**pola**	（樣式）
pandai	（聰明）	**pantai**	（海灘）
sagu	（棕櫚樹）	**saku**	（口袋）
jari	（指頭）	**cari**	（尋找）

這些相對應的子音發音雖然聽起來一樣，但卻不一樣，也帶著不同的意義，接下來我們就一一學習濁音吧。

龍目島上的傳統市場

星期三
Hari Rabu

MP3-25

單子音（濁音）

B

發音重點

- 嘴巴緊閉，讓空氣從嘴唇爆出，發出類似注音「ㄅㄝ」的音。
- 「B」在尾音時，不發出聲音，嘴型是閉起來的。
- 「B」和「P」用印尼文發音時聽起來很像，但其實不一樣喔！
- 記得，「B」是濁音之一！

拼拼看

ba, bi, bu, be, bo

ba 發出類似注音「ㄅㄚ」的音、bi 發出類似注音「ㄅㄧ」的音
bu 發出類似注音「ㄅㄨ」的音、be 發出類似注音「ㄅㄝ」的音
bo 發出類似注音「ㄅㄛ」的音

說說看

Selamat menempuh hidup baru

se-la-mat me-nem-puh hi-dup ba-ru
[ㄙㄜ　ㄌㄚ　ㄇㄚㄊ↘][ㄇㄜ　ㄋㄜㄇ　ㄅㄨ↘]
[ㄏㄧ　ㄉㄨㄆ↘][ㄅㄚ　ㄖㄨ↘]
新婚愉快

背背看

baju 衣服

音節 **ba-ju**
發音 [ㄅㄚ↘　ㄓㄨ↘]

babi 豬

音節 **ba-bi**
發音 [ㄅㄚ↘　ㄅㄧ↘]

bulan 月亮、月份

音節 **bu-lan**
發音 [ㄅㄨ　ㄌㄢ↘]

beli 買

音節 **be-li**
發音 [ㄅㄜ↗　ㄌㄧ↘]

bola 球

音節 **bo-la**
發音 [ㄅㄛ　ㄌㄚ↘]

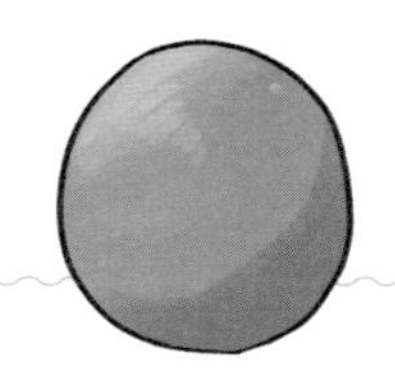

nasib 命運

音節 **na-sib**
發音 [ㄋㄚ　ㄒㄧㄅ↘]

星期三
Hari Rabu

MP3-26

單子音（濁音）

發音重點

- 舌尖頂在門牙後方，堵住氣流，再用力的把舌尖往下壓，發出類似注音「ㄉㄝ」的音。
- 「D」在尾音時，不發出聲音，舌尖往上頂在門牙後方。
- 「D」和「T」用印尼文發音時聽起來很像，但其實是不一樣的！
- 記得，「D」是濁音之一！

拼拼看

da, di, du, de, do

da 發出類似注音「ㄉㄚ」的音、di 發出類似注音「ㄉㄧ」的音
du 發出類似注音「ㄉㄨ」的音、de 發出類似注音「ㄉㄝ」的音
do 發出類似注音「ㄉㄛ」的音

說說看

Selamat bekerja

se-la-mat be-ker-ja
[ㄙㄜ　ㄌㄚ　ㄇㄚㄊ↘][ㄅㄜ　ㄍㄜㄖ↘　ㄓㄚ↘]
工作愉快

背背看

dasi 領帶

音節 da-si
發音 [ㄉㄚ　ㄒㄧ↘]

mandi 洗澡

音節 man-di
發音 [ㄇㄢ↘　ㄉㄧ↘]

durian 榴槤

音節 du-ri-an
發音 [ㄉㄨ↗　ㄖ　ㄢ↘]

debu 灰塵

音節 de-bu
發音 [ㄉㄜ　ㄅㄨ↘]

donat 甜甜圈

音節 do-nat
發音 [ㄉㄛ　ㄋㄚㄊ↘]

masjid 清真寺

音節 mas-jid
發音 [ㄇㄚㄙ　ㄐㄧㄊ↘]

星期三

Hari Rabu

MP3-27

單子音（濁音）

發音重點

- 利用舌根和口腔上顎後側的軟顎，用力的發出類似注音「ㄍㄟ」的第四聲。
- 「G」在尾音時，發音時舌根要往上碰到軟顎，但是不發出聲音。
- 大部分的單詞，當「G」在尾音時，往往會跟「N」字音搭配在一起，這時就會發出雙子音「NG」的音囉！
- 「G」和「K」在單詞發音時聽起來很像，但其實是不一樣的！
- 記得，「G」是濁音之一！

拼拼看

ga, gi, gu, ge, go

ga 發出類似注音「ㄍㄚ」的音、gi 發出類似注音「ㄍㄧ」的音
gu 發出類似注音「ㄍㄨ」的音、ge 發出類似注音「ㄍㄟ」的音
go 發出類似注音「ㄍㄛ」的音

背背看

gaji 薪資

音節 **ga-ji**

發音 [ㄍㄚ　ㄐㄧ↘]

gereja 教會

音節 **ge-re-ja**

發音 [ㄍㄜ　ㄖㄝ　ㄓㄚ↘]

gigi 牙齒

音節 **gi-gi**

發音 [ㄍㄧ　ㄍㄧ↘]

goreng 炸

音節 **go-reng**

發音 [ㄍㄛ　ㄖㄥ↘]

guru 老師

音節 **gu-ru**

發音 [ㄍㄨ　ㄖㄨ↘]

katalog 目錄

音節 **ka-ta-log**

發音 [ㄍㄚ　ㄉㄚ　ㄌㄛㄍ↘]

說說看

Selamat menikmati

se-la-mat me-nik-ma-ti

[ㄙㄜ　ㄌㄚ　ㄇㄚㄊ↘]

[ㄇㄜ　ㄋㄧㄎ↘　ㄇㄚ　ㄉㄧ↘]

請盡情享受（美食或假期）

MP3-28

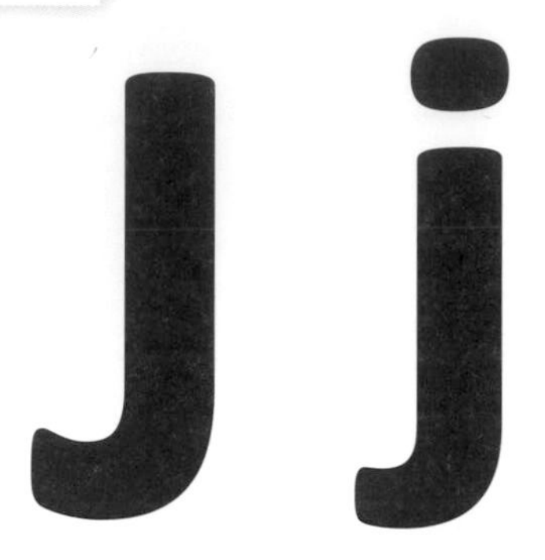

單子音（濁音）

發音重點

- 嘴型扁平，舌頭碰到上顎，用力的發出類似注音「ㄓㄟ」的音。
- 「J」和「C」用印尼文發音時聽起來很像，但其實是不一樣的！
- 記得，「J」是濁音之一！

拼拼看

ja, ji, ju, je, jo

ja 發出類似注音「ㄓㄚ」的音、ji 發出類似注音「ㄓㄧ」的音
ju 發出類似注音「ㄓㄨ」的音、je 發出類似注音「ㄓㄝ」的音
jo 發出類似注音「ㄓㄛ」的音

說說看

Selamat berlibur

se-la-mat ber-li-bur
[ㄙㄜ　ㄌㄚ　ㄇㄚㄊ↘]
[ㄅㄜㄖ↗　ㄌㄧ　ㄅㄨㄖ↘]
假期愉快

背背看

jalan 路、行走

音節 ja-lan
發音 [ㄓㄚ↘　ㄌㄢ↘]

janji 約會、約定

音節 jan-ji
發音 [ㄓㄢ↘　ㄐㄧ↘]

jual 賣

音節 ju-al
發音 [ㄓㄨ↘　ㄚㄌ]

jerapah 長頸鹿

音節 je-ra-pah
發音 [ㄓㄜ　ㄖㄚ　ㄅㄚ↘]

jodoh 緣份

音節 jo-doh
發音 [ㄓㄛ↗　ㄉㄛ↘]

jembatan 橋

音節 jem-ba-tan
發音 [ㄓㄥㄇ↘　ㄅㄚ　ㄉㄢ↘]

MP3-29

單子音（濁音）

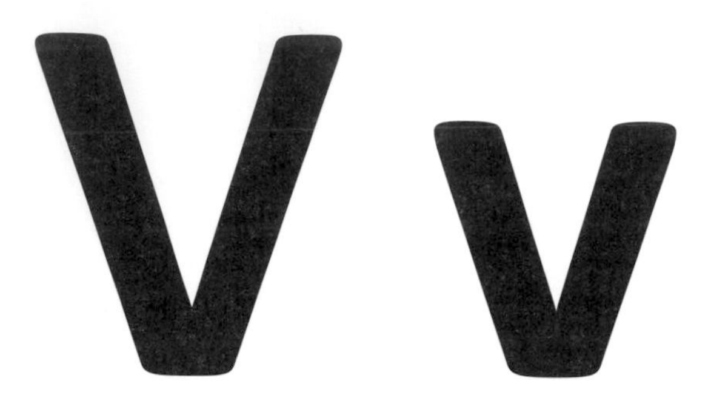

發音重點

- 上齒輕貼下唇，類似要吹蠟燭的動作，用力的發出類似注音「ㄈㄝ」的音。
- 「V」和「F」用印尼文發音時聽起來很像，但其實不一樣喔！
- 記得，「V」是濁音之一！

拼拼看

va, vi, vu, ve, vo

va 發出類似注音「ㄈㄚ」的音、vi 發出類似注音「ㄈㄧ」的音
vu 發出類似注音「ㄈㄨ」的音、ve 發出類似注音「ㄈㄝ」的音
vo 發出類似注音「ㄈㄛ」的音

說說看

Selamat tinggal

se-la-mat ting-gal

[ㄙㄜ　ㄌㄚ　ㄇㄚㄊ↘][ㄉㄧㄥ↘　ㄍㄚㄌ↘]

再見（離開的人對留著的人說的話）

背背看

vas 花瓶

音節 vas
發音 [ㄈㄚㄙ↘]

visa 簽證

音節 vi-sa
發音 [ㄈㄧ↘　ㄙㄚ↘]

ovum 卵子

音節 o-vum
發音 [ㄛ　ㄈㄨㄇ↘]

novel 小説

音節 no-vel
發音 [ㄋㄛ　ㄈㄜㄌ↘]

volume 音量

音節 vo-lu-me
發音 [ㄈㄛ　ㄌㄨ　ㄇㄜ↘]

kanvas 帆布

音節 kan-vas
發音 [ㄍㄢ↘　ㄈㄚㄙ↘]

星期三

Hari Rabu

MP3-30

單子音（濁音）

Zz

發音重點

- 嘴型扁平的，用力發出類似注音「ㄙㄝㄊ」的音。
- 「z」唸法跟英文的「z」一模一樣！
- 印尼語本身很少用到這個「z」子音，幾乎都是在使用外來語的詞彙時才會用到。
- 「x」、「s」和「z」用印尼文發音時聽起來很像，但其實是不一樣喔！

拼拼看

za, zi, zu, ze, zo

za 發出類似注音「ㄙㄚ」的音、zi 發出類似注音「ㄒㄧ」的音
zu 發出類似注音「ㄙㄨ」的音、ze 發出類似注音「ㄙㄝ」的音
zo 發出類似注音「ㄙㄛ」的音

說說看

Selamat jalan

se-la-mat ja-lan

[ㄙㄜ　ㄌㄚ　ㄇㄚㄊ↘][ㄓㄚ↘　ㄌㄢ↘]

再見（留著的人對要離開的人說的話）

背背看

zaman 時代

音節 za-man

發音 [ㄙㄚ　ㄇㄢ↘]

rezim 政權

音節 re-zim

發音 [ㄖㄝ　ㄒㄧㄇ↘]

zebra 斑馬

音節 zeb-ra

發音 [ㄙㄝㄅ`↘　ㄖㄚ`↘]

zona 區

音節 zo-na

發音 [ㄙㄛ　ㄋㄚ↘]

星期二

自我練習

I. 發音練習—請念念看 MP3-31

1. debu （灰塵）
2. gaji （薪資）
3. beli （買）
4. janji （約會、約定）
5. novel （小說）
6. rezim （政權）
7. goreng （炸）
8. mandi （洗澡）
9. guru （老師）
10. volume （音量）

II. 聽力練習—請把聽到的單字寫出來 MP3-32

1.______________ （月亮）
2.______________ （榴槤）
3.______________ （教會）
4.______________ （緣份）
5.______________ （簽證）
6.______________ （橋）
7.______________ （路、行走）

8.____________ （花瓶）

9.____________ （時代）

10.____________ （球）

III. 單詞練習—連連看 MP3-33

zebra

dasi

baju

babi

donat

jerapah

gigi

botol

印尼的文化習俗

印尼人的文化習俗大部分受到宗教影響，可以在各個生活層面看得出來。印尼社會以尊重個人為基礎。

印尼沒有國教，但在建國基本原則中規定不可持無神論，所以人民一定要信仰宗教。印尼政府承認五種宗教：伊斯蘭教、基督教、天主教、佛教以及印度教，每個人都可以自由的進行宗教儀式。由於大多數印尼人信仰伊斯蘭教，所以到處都能夠看到清真寺，而且一天會聽到好幾次從清真寺傳來的喇叭聲，這聲音是提醒穆斯林禮拜時間已經到了。

印尼人個性善良好客，第一次介紹見面時，宜點頭握手。在社交場合與客人見面時，一般慣以握手為禮。與熟人、朋友相遇時，傳統禮節是用右手按住胸口互相問好。不過印尼人忌諱他人摸他們孩子的頭部，認為這是缺乏教養和污辱人的舉止。

與印尼人在用餐時應用右手取食，不能用左手觸碰食物，印尼人忌諱用左手傳遞東西或食物，因為他們把左手視為骯髒、下賤之手，認為使用左手是極不禮貌的。另外，伊斯蘭教徒禁食豬肉和使用豬製品，且大多數人不飲酒。

此外，因為印尼氣候乾熱，所以印尼人有每天早上及傍晚各洗澡沖涼一次的習慣。也因為受到宗教影響，上完廁所後，個人衛生清理部位都會用水沖洗乾淨。

INDONESIA

Selamat
Tahun Baru

[ㄙㄜ ㄌㄚ ㄇㄚㄊ↘]
[ㄉㄚ ㄏㄨㄣ↘]
[ㄅㄚ ㄌㄨ↘]
新年快樂

星期四

Hari Kamis

Ha-ri Ka-mis
[ㄏㄚ ㄖㄧ↘][ㄍㄚ ㄇㄧㄙ↘]

－學習內容－

單子音 **L**、**M**、**N**、**Q**、**R**、**W**、**X**、**Y**
和雙子音 **SY**、**KH**、**NG**、**NY**

－學習目標－

學好 **8** 個單子音和 **4** 個雙子音！加油！

學習要點：

今天會帶著大家認識剩下的 8 個子音和 4 個雙子音。

印尼語總共有 4 個雙子音：sy、kh、ng、ny。如同單子音，雙子音也可出現在起音、中音和尾音的位置。

印尼語的雙子音 sy、kh、ng、ny 之分類簡單說明如下：

・sy 屬於舌面中音，國際音標標為【ç】

・kh 屬於擦音，國際音標標為【x】

・ng 屬於鼻音，國際音標標為【ŋ】

・ny 屬於鼻音，國際音標標為【ɲ】

這 4 個雙子音當中最常見到的是雙子音 ng 和 ny。

蘇拉威島上的傳統住家

星期四

星期四

Hari Kamis

MP3-34

單子音

發音重點

- 嘴巴微開，輕輕的發出類似注音「ㄝ」，緊接著將舌頭前端接觸上顎。
- 唸法跟英文的「L」一模一樣！
- 在起音或中音，發出類似中文「了」的音。但在尾音時，舌尖往上碰到上顎，不發音。

拼拼看

la, li, lu, le, lo

la 發出類似注音「ㄌㄚ」的音、li 發出類似注音「ㄌㄧ」的音
lu 發出類似注音「ㄌㄨ」的音、le 發出類似注音「ㄌㄝ」的音
lo 發出類似注音「ㄌㄛ」的音

說說看

Di larang masuk

di la-rang ma-suk

[ㄉㄧ↗][ㄌㄚ　ㄖㄤ↘][ㄇㄚ　ㄙㄨㄎ↘]

禁止進入

背背看

lapar 餓

音節 **la-par**

發音 [ㄌㄚ　ㄅㄚㄖ↘]

lihat 看

音節 **li-hat**

發音 [ㄌㄧ　ㄏㄚㄊ↘]

malu 害羞

音節 **ma-lu**

發音 [ㄇㄚ　ㄌㄨ↘]

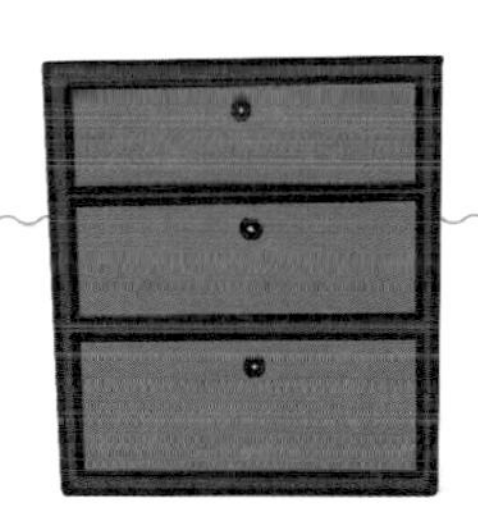

lemari 櫃子

音節 **le-ma-ri**

發音 [ㄌㄜ↗　ㄇㄚ　ㄖㄧ↘]

lobak 白蘿蔔

音節 **lo-bak**

發音 [ㄌㄛ↗　ㄅㄚㄎ↘]

hotel 飯店

音節 **ho-tel**

發音 [ㄏㄛ　ㄉㄜㄌ↘]

星期四

星期四
Hari Kamis

MP3-35

單子音

發音重點

- 嘴巴微開，輕輕地發出類似注音「ㄝ」，然後雙唇閉起來，再發出類似注音「ㄇ」的音。
- 印尼文「M」的唸法跟英文的「M」一模一樣！
- 在尾音時，要發出類似注音「ㄇ」的音，但嘴巴要閉起來。

拼拼看

ma, mi, mu, me, mo

ma 發出類似注音「ㄇㄚ」的音、mi 發出類似注音「ㄇㄧ」的音
mu 發出類似注音「ㄇㄨ」的音、me 發出類似注音「ㄇㄝ」的音
mo 發出類似注音「ㄇㄛ」的音

說說看

Di larang merokok

di la-rang me-ro-kok
[ㄉㄧ↗][ㄌㄚ　ㄖㄤ↘][ㄇㄜ↗　ㄖㄛ　ㄍㄛㄎ↘]
禁止抽菸

背背看

masuk 進入

音節 ma-suk
發音 [ㄇㄚ　ㄙㄨㄎ↘]

minum 喝

音節 mi-num
發音 [ㄇㄧ　ㄋㄨㄇ↘]

musik 音樂

音節 mu-sik
發音 [ㄇㄨ　ㄙㄧㄎ↘]

mewah 豪華

音節 me-wah
發音 [ㄇㄝ　ㄨㄚ↘]

mobil 車

音節 mo-bil
發音 [ㄇㄛ　ㄅㄧㄌ↘]

makan 吃

音節 ma-kan
發音 [ㄇㄚ　ㄍㄢ↘]

星期四

星期四

Hari Kamis

MP3-36

單子音

發音重點

- 嘴巴微開，輕輕地發出類似注音「ㄝ」，然後接連著舌尖輕貼上牙齦發出「N」的音。
- 印尼文「N」的唸法跟英文的「N」一模一樣！
- 「N」在尾音時，不發音，舌尖輕貼上牙齦。

拼拼看

na, ni, nu, ne, no

na 發出類似注音「ㄋㄚ」的音、ni 發出類似注音「ㄋㄧ」的音
nu 發出類似注音「ㄋㄨ」的音、ne 發出類似注音「ㄋㄝ」的音
no 發出類似注音「ㄋㄛ」的音

說說看

Harap tenang

ha-rap te-nang

[ㄏㄚ　ㄖㄚㄆ↘][ㄉㄜ↗　ㄋㄤ↘]

希望安靜（請安靜）

背背看

nasi 飯

音節 na-si

發音 [ㄋㄚ　ㄒㄧ↘]

menikah 結婚

音節 me-ni-kah

發音 [ㄇㄜ　ㄋㄧ　ㄍㄚ↘]

bunuh 殺害

音節 bu-nuh

發音 [ㄅㄨ　ㄋㄨ↘]

negara 國家

音節 ne-ga-ra

發音 [ㄋㄜ↗　ㄍㄚ　ㄖㄚ↘]

not 音符

音節 not

發音 [ㄋㄛㄊ↘]

bon 收據

音節 bon

發音 [ㄅㄛㄣ↘]

星期四

星期四
Hari Kamis

MP3-37

單子音

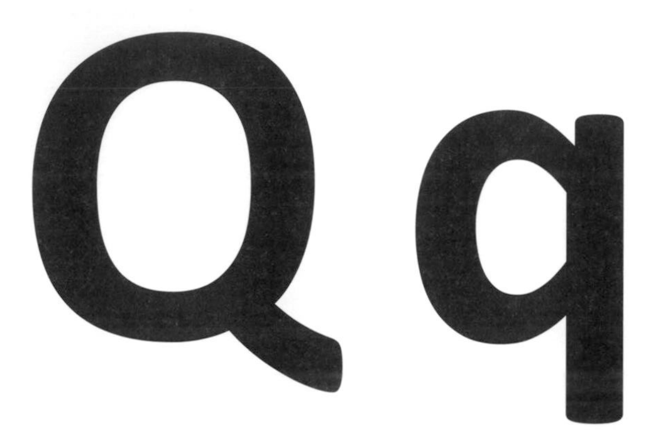

發音重點

- 印尼文中「Q」的唸法跟英文的「Q」一模一樣！
- 印尼文中用到「Q」的字母非常少，幾乎都是一些回教的專有名詞。

拼拼看

qa, qi, qu, qe, qo

qa 發出類似注音「ㄍㄚ」的音、qi 發出類似注音「ㄍㄧ」的音
qu 發出類似注音「ㄍㄨ」的音、qe 發出類似注音「ㄍㄝ」的音
qo 發出類似注音「ㄍㄛ」的音

背背看

Al-Qur'an 可蘭經

音節 **Al-Qur-an**

發音 [ㄚㄌ　ㄍㄨㄖ　ㄢ↘]

說說看

Jagalah kebersihan

ja-ga-lah ke-ber-si-han

[ㄓㄚ　ㄍㄚ　ㄌㄚ↘]

[ㄍㄜ　ㄅㄜㄖ↘　ㄒㄧ　ㄏㄢ↘]

請維持清潔

星期四

星期四
Hari Kamis

MP3-38

單子音

發音重點

- 是舌顫音，先發出類似注音「ㄝ」，然後接連著「ㄖ」的音。
- 「R」在尾音時，只要發出「ㄖ」的音。

拼拼看

ra, ri, ru, re, ro

ra 發出類似注音「ㄖㄚ」的音、ri 發出類似注音「ㄖㄧ」的音
ru 發出類似注音「ㄖㄨ」的音、re 發出類似注音「ㄖㄝ」的音
ro 發出類似注音「ㄖㄛ」的音

說說看

Mohon perhatian

mo-hon per-ha-ti-an
[ㄇㄛ ㄏㄛㄣ↘][ㄅㄜㄖ↗ ㄏㄚ ㄉㄧ ㄢ↘]
請注意

背背看

marah 生氣

音節 **ma-rah**

發音 [ㄇㄚ　ㄖㄚ↘]

hari 日、天

音節 **ha-ri**

發音 [ㄏㄚ　ㄖㄧ↘]

rusa 鹿

音節 **ru-sa**

發音 [ㄖㄨ　ㄙㄚ↘]

rebus 水煮

音節 **re-bus**

發音 [ㄖㄜ↗　ㄅㄨㄙ↘]

kurir 快遞

音節 **ku-rir**

發音 [ㄍㄨ　ㄖㄧㄖ↘]

atur 管理、安排

音節 **a-tur**

發音 [ㄚ　ㄉㄨㄖ↘]

MP3-39

單子音

W w

發音重點

- 嘟嘴，輕輕的發出類似注音「ㄨ」，然後接連著「ㄝ」的音。
- 「w」字母不會在尾音出現。

拼拼看

wa, wi, wu, we, wo

wa 發出類似注音「ㄨㄚ」的音、wi 發出類似注音「ㄨㄧ」的音
wu 發出類似注音「ㄨ」的音、we 發出類似注音「ㄨㄝ」的音
wo 發出類似注音「ㄨㄛ」的音

說說看

Permisi

per-mi-si

[ㄅㄜㄖ↗　ㄇㄧ　ㄒㄧ↘]

借過

背背看

wartawan 記者

音節 **war-ta-wan**
發音 [ㄨㄚㄖ↗ ㄉㄚ ㄨㄢ↘]

waspada 警覺

音節 **was-pa-da**
發音 [ㄨㄚㄙ↘ ㄅㄚ ㄉㄚ↘]

wisuda 畢業典禮

音節 **wi-su-da**
發音 [ㄨㄧ↗ ㄙㄨ ㄉㄚ↘]

dewi 仙女

音節 **de-wi**
發音 [ㄉㄜ ㄨㄧ↘]

wujud 形狀

音節 **wu-jud**
發音 [ㄨ ㄓㄨㄊ↘]

MP3-40

單子音

發音重點

- 「x」唸法跟英文的「x」一模一樣！
- 「x」字母不會在尾音出現。
- 印尼文本身很少有用到這個「x」字母，幾乎都是外來語的詞彙。
- 「x」、「s」和「z」用印尼語發音時聽起來很像，但其實不一樣！

拼拼看

xa, xi, xu, xe, xo

xa 發出類似注音「ㄙㄚ」的音
xi 發出類似注音「ㄒㄧ」的音
xu 發出類似注音「ㄙㄨ」的音
xe 發出類似注音「ㄙㄝ」的音
xo 發出類似注音「ㄙㄛ」的音

背背看

xilofon 木琴

音節 **xi-lo-fon**

發音 [ㄒㄧ↗　ㄌㄛ　ㄈㄛㄣ↘]

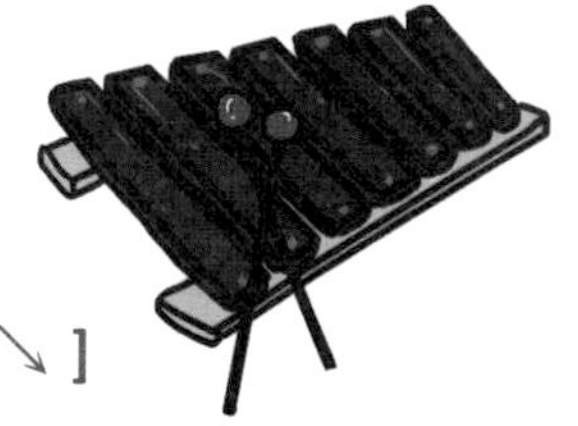

說說看

Tolong

to-long

[ㄉㄛ　ㄌㄨㄥ↘]

救命、請幫忙

星期四

星期四

Hari Kamis

MP3-41

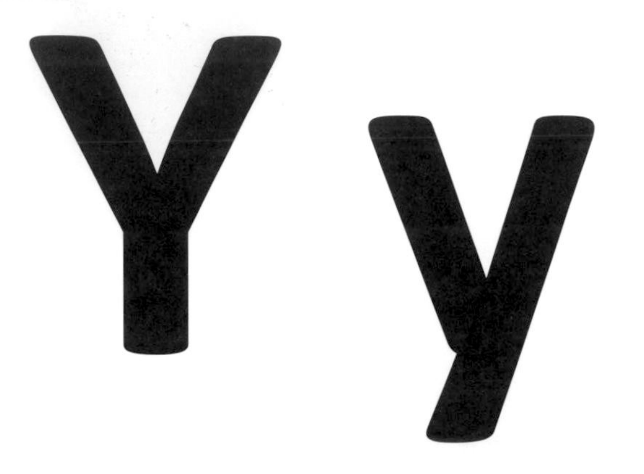

單子音

發音重點

- 發出類似注音「ㄧㄝ」的音。
- 記得，發這個音的時候，很像要照相時，手勢比 V，發出「耶」的音。

拼拼看

ya, yi, yu, ye, yo

ya 發出類似注音「ㄧㄚ」的音、yi 發出類似注音「ㄧ」的音
yu 發出類似注音「ㄧㄨ」的音、ye 發出類似注音「ㄧㄝ」的音
yo 發出類似注音「ㄧㄛ」的音

說說看

Maaf

ma-af

[ㄇㄚ↘　ㄚㄈ↘]

對不起

背背看

saya 我

音節 sa-ya
發音 [ㄙㄚ　ㄧㄚ↘]

ayah 父親

音節 a-yah
發音 [ㄚ　ㄧㄚ↘]

ayam 雞

音節 a-yam
發音 [ㄚ　ㄧㄚㄇ↘]

bayi 嬰兒

音節 ba-yi
發音 [ㄅㄚ　ㄧ↘]

payung 雨傘

音節 pa-yung
發音 [ㄅㄚ　ㄧㄩㄥ↘]

yoga 瑜珈

音節 yo-ga
發音 [ㄧㄛ　ㄍㄚ↘]

星期四

MP3-42

SY sy

雙子音

發音重點

- 舌面中音，發音時舌面與口腔上部的軟顎接觸，發出類似注音「ㄒㄧㄜ」的音。
- 「SY」不會出現在尾音。

拼拼看

sya, syi, syu, sye, syo

sya 發出類似注音「ㄒㄧㄚ」的音、syi 發出類似注音「ㄒㄧ」的音
syu 發出類似注音「ㄒㄧㄨ」的音、sye 發出類似注音「ㄒㄧㄜ」的音
syo 發出類似注音「ㄒㄧㄛ」的音

背背看

syair 詩歌

音節 sya-ir
發音 [ㄒㄧㄚ　ㄧ㖡↘]

syarat 條件

音節 sya-rat
發音 [ㄒㄧㄚ　㖡ㄚㄊ↘]

tamasya 遊覽

音節 ta-ma-sya
發音 [ㄉㄚ↗　ㄇㄚ　ㄒㄧㄚ↘]

masyarakat 人民

音節 ma-sya-ra-kat
發音 [ㄇㄚ↗　ㄒㄧㄚ↗　㖡ㄚ　ㄍㄚㄊ↘]

syu-kur 感恩

音節 syu-kur
發音 [ㄒㄧㄨ　ㄍㄨ㖡↘]

說說看

Hati-hati

ha-ti ha-ti
[ㄏㄚ↗　ㄉㄧ↘] [ㄏㄚ↗　ㄉㄧ↘]
小心

星期四

MP3-43

雙子音

KH kh

發音重點

- 舌根音，發音時舌後根與口腔上部後側的軟顎接觸，發出類似注音「ㄎ」的音。

拼拼看

kha, khi, khu, khe, kho

kha 發出類似注音「ㄎㄚ」的音、khi 發出類似注音「ㄎㄧ」的音
khu 發出類似注音「ㄎㄨ」的音、khe 發出類似注音「ㄎㄝ」的音
kho 發出類似注音「ㄎㄛ」的音

背背看

khas 特色

音節 **khas**

發音 [ㄎㄚㄙ↘]

khusus 特別

音節 **khu-sus**

發音 [ㄎㄨ　ㄙㄨㄙ↘]

akhir 終

音節 **a-khir**

發音 [ㄚ　ㄎㄧㄖ↘]

說說看

Harap antri

ha-rap an-tri

[ㄏㄚ　ㄖㄚㄆ↘] [ㄢ↘　ㄊㄖㄧ↘]

請排隊

星期四

MP3-44

NG ng

雙子音

發音重點

- 舌根音，發音時舌後根與口腔上部後側的軟顎接觸，讓氣流從鼻腔通過，發出注音「ㄥ」的音。
- 「ng」搭配母音後，位置在起音和中音時，會發出一樣的音，但在或尾音時，會發出不一樣的音。

拼拼看

nga, ngi, ngu, nge, ngo

nga 用鼻音發出類似注音「ㄥㄚ」的音
ngi 用鼻音發出類似注音「ㄥㄧ」的音
ngu 用鼻音發出類似注音「ㄥㄨ」的音
nge 用鼻音發出類似注音「ㄥㄝ」的音
ngo 用鼻音發出類似注音「ㄥㄛ」的音

背背看

bunga 花

音節 bu-nga
發音 [ㄅㄨ　ㄥㄚ↘]

untung 幸運

音節 un-tung
發音 [ㄨㄣ　ㄉㄨㄥ↘]

wangi 香

音節 wa-ngi
發音 [ㄨㄚ　ㄥㄧ↘]

buang 丟

音節 bu-ang
發音 [ㄅㄨ　ㄤ↘]

ngilu 痲痲的

音節 ngi-lu
發音 [ㄥㄧ　ㄌㄨ↘]

minggu 週、星期日

音節 ming-gu
發音 [ㄇㄧㄥ↘　ㄍㄨ↘]

hidung 鼻子

音節 hi-dung
發音 [ㄏㄧ　ㄉㄨㄥ↘]

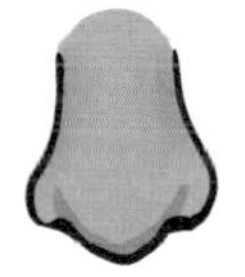

說說看

Turut berbahagia

tu-rut ber-ba-ha-gia
[ㄉㄨ　ㄖㄨㄊ↘][ㄅㄜㄖ　ㄅㄚ↗　ㄏㄚ　ㄍㄧㄚ↘]
一同喜悅（在婚禮場面或喜帖內文常用）

NY ny

MP3-49

雙子音

發音重點

- 舌根音，發音時舌後根與口腔上部後側的軟顎接觸，讓氣流從鼻腔通過，發出類似注音「ㄋㄧㄜ」的音。
- 「NY」不會出現在尾音。

拼拼看

nya, nyi, nyu, nye, nyo

nya 用鼻音發出類似注音「ㄋㄧㄚ」的音
nyi 用鼻音發出類似注音「ㄋㄧ」的音
nyu 用鼻音發出類似注音「ㄋㄧㄨ」的音
nye 用鼻音發出類似注音「ㄋㄧㄝ」的音
nyo 用鼻音發出類似注音「ㄋㄧㄛ」的音

背背看

banyak 多

音節 ba-nyak

發音 [ㄅㄚ　ㄋ一ㄚㄎ↘]

nyanyi 唱歌

音節 nya-nyi

發音 [ㄋ一ㄚ　ㄋ一↘]

bunyi 聲音

音節 bu-nyi

發音 [ㄅㄨ　ㄋ一↘]

penyu 烏龜

音節 pe-nyu

發音 [ㄅㄜ　ㄋ一ㄨ↘]

monyet 猴子

音節 mo-nyet

發音 [ㄇㄛ　ㄋ一ㄝㄊ↘]

說說看

Semangat

se-ma-ngat

[ㄙㄜ↗　ㄇㄚ　ㄥㄚㄊ↘]

精神（加油！）

自我練習

I. 發音練習—請念念看 MP3-46

1. lapar （餓）
2. nutrisi （營養）
3. musik （音樂）
4. bunuh （殺害）
5. wisuda （畢業典禮）
6. saya （我）
7. malu （害羞）
8. masuk （進入）
9. bon （收據）
10. wartawan （記者）

II. 聽力練習—請把聽到的單字寫出來 MP3-47

1. ______________ （猴子）
2. ______________ （週、星期日）
3. ______________ （警覺）
4. ______________ （豪華）
5. ______________ （喝）
6. ______________ （飯）
7. ______________ （吃）

8. ______________ （父親）

9. ______________ （瑜珈）

10. ______________ （結婚）

III. 單詞練習─連連看 MP3-48

payung

mobil

ayam

penyu

lobak

bayi

Al-Qur'an

bunga

印尼的樂器及音樂

印尼的傳統音樂、舞蹈、戲劇風貌大部分受到宗教信仰的影響。最早期的音樂就是甘美朗（Gamelan），約在 13 世紀時被發明。

Gamelan 是印尼的爪哇語，其原意是鼓、打、抓。傳說是天神降臨爪哇後，為了便於發號司令，因此就鑄了鑼鼓等樂器，形成這樣有趣的典故。20世紀初在巴黎世博會，法國印象派大師德布西，初聽到甘美朗，大為驚豔，從此印尼甘美朗開始享譽國際。

甘美朗音樂演出，通常是和宗教儀式、慶生、結婚、割禮等特殊的日子連結在一起，或是配合宮庭的慶典舞蹈、戲劇（包含皮影戲）中演出。在峇里島有多所專為外國人設置的甘美朗音樂舞蹈班，很受歡迎。

除了甘美朗，在西爪哇和萬丹（Banten）還有一種叫做 Angklung 的古老樂器。中文將 Angklung 稱為昂格隆、安克隆、竹管樂器、竹筒樂器、搖竹樂器、筒琴或竹豎琴。

印尼種族多樣化，約有 1,340 種族，各種種族有各自的音樂特色，所以帶來多樣風格的音樂。而今日印尼的傳統音樂，則是從傳統元素中結合西方的風格形成創新的音樂。

印尼傳統竹管樂器昂格降（Angklung）

印尼歷史最悠久的樂器甘美朗（Gamelan）

星期四

Turut berbahagia

[ㄉㄨ　ㄉㄨㄊ↘]
[ㄅㄜㄖ　ㄅㄚ↗　ㄏㄚ　ㄍㄧㄚ↘]
一同喜悅

星期五

Hari Jumat

Ha-ri Ju-mat
[ㄏㄚ ㄖㄧ↘]
[ㄓㄨ↘ ㄇㄚㄊ↘]

—學習內容—

1. 問候語
2. 祝賀語
3. 打招呼
4. 自我介紹
5. 家族樹
6. 印尼語中常用之疑問句

—學習目標—

先學習印尼語的基本文法，
就可把最基本的「問候語」和「自我介紹」等搞定，
然後就可以開口說印尼語了！加油！

學習要點：
一起來學學簡單的印尼語文法吧！

1. 印尼語的人稱代名詞 MP3-49

在印尼語中，人稱代名詞可分為單數及複數，還有第一人稱、第二人稱及第三人稱。只要把這些記住就可以完整表達印尼語了。

印尼語的人稱代名詞：

<table>
<tr><th></th><th></th><th>第一人稱</th><th>第二人稱</th><th>第三人稱</th></tr>
<tr><td rowspan="2">單數</td><td>正式</td><td>saya
[ㄙㄚ　ㄧㄚ↘]
我</td><td>Anda
[ㄢ↘　ㄉㄚ↘]
您</td><td>Beliau
[ㄅㄜ↗　ㄌㄧ　ㄠ↘]
他／她（對尊敬的人）</td></tr>
<tr><td>非正式</td><td>aku
[ㄚ　ㄍㄨ↘]
我</td><td>kamu
[ㄍㄚ　ㄇㄨ↘]
你</td><td>dia
[ㄉㄧㄚ↘]
ia
[ㄧㄚ↘]
他／她</td></tr>
<tr><td colspan="2">複數</td><td>kami
[ㄍㄚ　ㄇㄧ↘]
我們
（不包含說話的對象）
kita
[ㄍㄧ　ㄉㄚ↘]
我們
（包含說話的對象）</td><td>kalian
[ㄍㄨ↗　ㄌㄧ　ㄢ↘]
你們</td><td>mereka
[ㄇㄜ↗　ㄖㄝ　ㄍㄚ↘]
他／她們</td></tr>
</table>

2. 印尼語的所有格 MP3-50

除了要好好記住人稱代名詞之外，所有格所擁有的名詞也要牢牢記住。不過以下的所有格就簡單多了，因為印尼語的所有格，只有在單數句子裡面才會發生變化，複數句子不會有變化。

單數所有格的變化：

		第一人稱	第二人稱	第三人稱
單數	正式	（名詞）＋ saya ～[ㄙㄚ　ㄧㄚ↘] 我的～	（名詞）＋ Anda ～[ㄢ↘　ㄉㄚ↘] 您的～	（名詞）＋ Beliau ～[ㄅㄜ↗　ㄌㄧ　ㄠ↘] 他／她的～
	非正式	（名詞）＋ ku ～[ㄍㄨ↘] 我的～	（名詞）＋ mu ～[ㄇㄨ↘] 你的～	（名詞）＋ nya ～[ㄋㄧㄚ↘] 他／她的～

※ 注意！

一定要記住喔！在印尼語中，當要表現所有或所屬的人、事、物時，要把所屬的人、事、物放在第一個位置，而所有格要放在第二個位置，如：

◎第一人稱單數所有格：

正　式：nama ＋ saya ＝ nama saya　我的名字
非正式：nama ＋ ku　＝ nama ku　　我的名字

星期五

◎第二人稱單數所有格：

正　式：rumah ＋ Anda ＝ rumah Anda 您的房子
非正式：rumah ＋ mu ＝ rumahmu 你的房子

◎第三人稱單數所有格：

正　式：mobil ＋ Beliau ＝ mobil Beliau 他的車子
非正式：mobil ＋ nya ＝ mobilnya 他的車子

複數所有格：

	第一人稱	第二人稱	第三人稱
複數	（名詞）＋ **kami** ～［ㄍㄚ　ㄇㄧ↘］ （不包含說話的對象） 我們的～ （名詞）＋ **kita** ～［ㄍㄧ　ㄉㄚ↘］ （包含說話的對象） 我們的～	（名詞）＋ **kalian** ～［ㄍㄨㄚ↗　ㄌㄧ　ㄢ↘］ 你們的～	（名詞）＋ **mereka** ～［ㄇㄜ↗　ㄖㄝ　ㄍㄚ↘］ 他／她們的～

◎複數所有格：

nama ＋ kami ＝ nama kami 我們的名字
rumah ＋ kalian ＝ rumah kalian 你們的房子
mobil ＋ mereka ＝ mobil mereka 他們的車子

由此可見，印尼語所有格的順序，和中文順序是完全相反的。

3. 練習一下！ MP3-51

所有格 (1)：-ku [ㄍㄨ↘] ＝我的～

Rumahku

[ㄖㄨ　ㄇㄚ↘] [ㄍㄨ↘]

我的家

請把以下的單字套進例句中的**標色字**位置，開口說說看吧！

mobil
[ㄇㄛ　ㄅㄧㄌ↘]
車

ibu
[ㄧ　ㄅㄨ↘]
母親

ayah
[ㄚ　ㄧㄚ↘]
父親

sapi
[ㄙㄚ　ㄅㄧ↘]
牛

所有格 (2)：-mu [ㄇㄨ↘] ＝你的～

Adik laki-lakimu

[ㄚ　ㄉㄧㄎ↘] [ㄌㄚ　ㄍㄧ↘] [ㄌㄚ　ㄍㄧ↘] [ㄇㄨ↘]

你的弟弟

請把以下的單字套進例句中的**標色字**位置，開口說說看吧！

ayam
[ㄚ　ㄧㄚㄇ↘]
雞

hotel
[ㄏㄛ　ㄉㄜㄌ↘]
飯店

negara
[ㄋㄜ↗　ㄍㄚ　ㄖㄚ↘]
國家

koran
[ㄍㄛ　ㄖㄢ↘]
報紙

所有格 (3)：-nya [ㄋㄧㄚ↘] ＝他／她的～

Kantornya
[ㄍㄢ↘　ㄉㄛㄖ↘] [ㄋㄧㄚ↘]
他／她的辦公室

請把以下的單字套進例句中的**標色字**位置，開口説説看吧！

uang
[ㄨ　ㄤ↘]
錢

buku
[ㄅㄨ　ㄍㄨ↘]
書

kakak perempuan
[ㄍㄚ　ㄍㄚㄎ↘] [ㄅㄜ↗　ㄖㄜㄇ↘　ㄅㄨ　ㄢ↘]
姐姐

teman
[ㄉㄜ↗　ㄇㄢ↘]
朋友

學完了這些基本文法，我們就可以開始用印尼語問候、祝賀、打招呼、自我介紹囉！請看下面！

1. 問候語 MP3-52

Selamat Pagi
[ㄙㄜ ㄌㄚ ㄇㄚㄊ↘][ㄅㄚ ㄍㄧ↘]

Selamat Siang
[ㄙㄜ ㄌㄚ ㄇㄚㄊ↘][ㄒㄧ ㄤ↘]

Selamat Sore
[ㄙㄜ ㄌㄚ ㄇㄚㄊ↘][ㄙㄛ ㄖㄝ↘]

Selamat Malam
[ㄙㄜ ㄌㄚ ㄇㄚㄊ↘][ㄇㄚ ㄌㄚㄇ↘]

※ 注意！

Selamat Pagi ！早安！

★是早晨 6 點至 10、11 點的問候語。

★在非正式場面可以說：Pagi ！ [ㄅㄚ ㄍㄧ↘]

Selamat Siang ！午安！

★是上午 10 點至下午 2、3 點的問候語。

★在非正式場面可以說：Siang ！ [ㄒㄧ ㄤ↘]

Selamat Sore ！下午安！

★是下午 3 點至傍晚 5、6 點的問候語。

★在非正式場面可以說：Sore ！ [ㄙㄛ　ㄖㄝ↘]

Selamat Malam ！晚安！

★是傍晚至晚上的問候語。

★在非正式場面可以說：Malam ！ [ㄇㄚ　ㄌㄚㄇ↘]

2. 祝賀語 MP3-53

「selamat」這個單字在印尼語的意思是「平安無事」，它除了可以用在不同時間上的問安之外，同時也可以表示祝賀，如：

Selamat Datang !

[ㄙㄜ　ㄌㄚ　ㄇㄚㄊ↘] [ㄉㄚ　ㄉㄤ↘] ！

歡迎光臨！

Selamat Tinggal !

[ㄙㄜ　ㄌㄚ　ㄇㄚㄊ↘] [ㄉㄧㄥ↘　ㄍㄚㄌ↘] ！

再見！（離開的人對留著的人說的話）

Selamat Jalan !

[ㄙㄜ　ㄌㄚ　ㄇㄚㄊ↘] [ㄓㄚ↘　ㄌㄢ↘] ！

再見！（留著的人對要離開的人說的話）

Selamat Tahun Baru !
[ㄙㄜ　ㄌㄚ　ㄇㄚㄊ↘][ㄉㄚ　ㄏㄨㄣ↘][ㄅㄚ　ㄖㄨ↘]！
新年快樂！

Selamat Ulang Tahun !
[ㄙㄜ　ㄌㄚ　ㄇㄚㄊ↘][ㄨ　ㄌㄤ↘][ㄉㄚ　ㄏㄨㄣ↘]！
生日快樂！

Selamat Idul Fitri !
[ㄙㄜ　ㄌㄚ　ㄇㄚㄊ↘][ㄧ　ㄉㄨㄌ↘][ㄈㄧㄊ↘　ㄖㄧ↘]！
新年快樂！（按照伊斯蘭教曆或回曆）

Selamat Hari Natal !
[ㄙㄜ　ㄌㄚ　ㄇㄚㄊ↘][ㄏㄚ　ㄖㄧ↘][ㄋㄚ↘　ㄉㄚㄌ↘]！
聖誕節快樂！

Selamat Hari Waisak !
[ㄙㄜ　ㄌㄚ　ㄇㄚㄊ↘][ㄏㄚ　ㄖㄧ↘][ㄨㄞ↗　ㄙㄚㄎ↘]！
佛誕節快樂！

Selamat Hari Nyepi !
[ㄙㄜ　ㄌㄚ　ㄇㄚㄊ↘][ㄏㄚ　ㄖㄧ↘][ㄋㄧㄝ　ㄅㄧ↘]！
（印度教）寧靜節快樂！

星期五

3. 打招呼 MP3-54

❶ 問候

Apa kabar?
[ㄚ ㄅㄚ↘][ㄍㄚ ㄅㄚㄖ↘]？
你好嗎？

Baik
[ㄅㄚ ㄧㄎ↘]
好

Tidak baik
[ㄉㄧ ㄉㄚㄎ↘][ㄅㄚ ㄧㄎ↘]
不好

❷ 感謝

Terima kasih
[ㄉㄜ ㄖㄧ ㄇㄚ↘][ㄍㄚ ㄒㄧ↘]
謝謝

Sama-sama
[ㄙㄚ↗ ㄇㄚ↘][ㄙㄚ↗ ㄇㄚ↘]
彼此彼此；不客氣

Kembali

[ㄍㄜㄇ↗　ㄅㄚ　ㄌㄧ↘]

不客氣

❸ 道別

Sampai jumpa

[ㄙㄚㄇ↘　ㄅㄞ↘] [ㄓㄨㄇ↘　ㄅㄚ↘]

再見

❹ 道歉

Maaf

[ㄇㄚ↘　ㄚㄈ↘]

對不起

Tidak apa-apa

[ㄉㄧ　ㄉㄚㄎ↘] [ㄚ　ㄅㄚ↘] [ㄚ　ㄅㄚ↘]

沒關係

4. 自我介紹 MP3-55

① Nama [ㄋㄚ　ㄇㄚ↘] 名字

Nama saya Anita.

[ㄋㄚ　ㄇㄚ↘][ㄙㄚ　ㄧㄚ↘][ㄚ↗　ㄋㄧ　ㄉㄚ↘]

我的名字是 Anita。

請把以下的單字套進例句中的**標色字**位置，開口說說看吧！

Maria
[ㄇㄚ　ㄖㄧㄚ↘]
瑪莉亞

Budi
[ㄅㄨ　ㄉㄧ↘]
布弟

Mila
[ㄇㄧ　ㄌㄚ↘]
蜜拉

Iwan
[ㄧ　ㄨㄢ↘]
伊萬

② Pekerjaan [ㄅㄜ↗　ㄍㄜㄖ↗　ㄓㄚ　ㄢ↘] 職業

Saya guru.

[ㄙㄚ　ㄧㄚ↘][ㄍㄨ　ㄖㄨ↘]

我是老師。

pengusaha

[ㄅㄜ↗　ㄥㄨ　ㄙㄚ　ㄏㄚ↘]

商人、生意人

dokter

[ㄉㄛㄎ↘　ㄉㄜㄖ↘]

醫生

ibu rumah tangga

[ㄧ　ㄅㄨ↘][ㄖㄨ　ㄇㄚ↘][ㄉㄤ↘　ㄍㄚ↘]

家庭主婦

karyawan

[ㄍㄚㄖ↗　ㄧㄚ　ㄨㄢ↘]

職員

❸ Kebangsaan
[ㄍㄜ↗ ㄅㄤ↗ ㄙㄚ ㄢ↘] 國籍

Saya berasal dari Taiwan.
[ㄙㄚ ㄧㄚ↘] [ㄅㄜ↗ ㄖㄚ ㄙㄚㄌ↘]
[ㄉㄚ↗ ㄖㄧ↘] [ㄉㄞ↘ ㄨㄢ]
我來自台灣。

Amerika
[ㄚ ㄇㄝ↘ ㄖㄧ ㄍㄚ↘]
美國

請把以下的單字套進例句中的**標色字**位置，開口說說看吧！

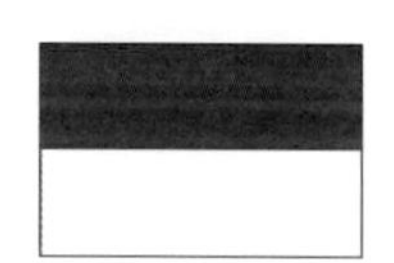

Indonesia
[ㄧㄣ↗ ㄉㄛ ㄋㄝ↘ ㄒㄧㄚ↘]
印度尼西亞（印尼）

Vietnam
[ㄈㄧㄝㄊ↘ ㄋㄚㄇ↘]
越南

Tiongkok
[ㄉㄧㄛㄥ↗ ㄍㄛㄎ↘]
中國

Saya orang **Taiwan**.

[ㄙㄚ　ㄧㄚ↘] [ㄛ　ㄖㄤ↘] [ㄉㄞ↘　ㄨㄢ↘]

我台灣人。（我是台灣人）

請把以下的單字套進例句中的**標色字**位置，開口說說看吧！

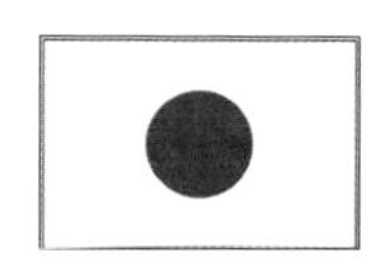

Jepang

[ㄓㄜ↗　ㄅㄤ↘]

日本

Korea

[ㄍㄛ↗　ㄖㄝ　ㄚ↘]

韓國

India

[ㄧㄣ↗　ㄉㄧㄚ↘]

印度

Kanada

[ㄍㄚ↗　ㄋㄚ↗　ㄉㄚ↘]

加拿大

星期五
Hari Jumat

④ 開口對話看看吧！ MP3-

Tono：Selamat pagi! Siapa nama Anda?

[ㄉㄛ ㄋㄛ]：[ㄙㄜ ㄌㄚ ㄇㄚㄊ↘][ㄅㄚ ㄍㄧ↘]！

[ㄒㄧ↗ ㄚ ㄅㄚ↘][ㄋㄚ ㄇㄚ↘][ㄢ↘ ㄉㄚ↘]？

多諾：早安！您叫什麼名字？

Maria：Pagi! Nama saya Maria. Anda?

[ㄇㄚ ㄖㄧㄚ↘]：[ㄅㄚ ㄍㄧ↘]！[ㄋㄚ ㄇㄚ↘][ㄙㄚ ㄧㄚ↘][ㄇㄚ ㄖㄧㄚ↘]。[ㄢ↘ ㄉㄚ↘]？

瑪莉亞：早！我的名字瑪莉亞。您呢？

Tono：Saya Tono. Apa pekerjaan Anda?

[ㄉㄛ ㄋㄛ]：[ㄙㄚ ㄧㄚ↘][ㄉㄛ ㄋㄛ]。

[ㄚ ㄅㄚ↘][ㄅㄜ↗ ㄍㄜㄖ↗ ㄓㄚ ㄢ↘][ㄢ↘ ㄉㄚ↘]？

多諾：我是多諾。您的職業是什麼？

Maria：Saya dokter. Anda?

[ㄇㄚ ㄖㄧㄚ↘]：[ㄙㄚ ㄧㄚ↘][ㄉㄛㄎ↘ ㄉㄜㄖ↘]。[ㄢ↘ ㄉㄚ↘]？

瑪莉亞：我是醫生。那您呢？

Tono：Saya guru.

[ㄉㄛ ㄋㄛ]：[ㄙㄚ ㄧㄚ↘][ㄍㄨ ㄖㄨ↘]。

多諾：我是老師。

Maria：Anda berasal dari mana?

[ㄇㄚ　ㄖㄧㄚ↘]：[ㄢ↘　ㄉㄚ↘][ㄅㄜ↗　ㄖㄚ　ㄙㄚㄌ↘]

[ㄉㄚ↗　ㄖㄧ↘][ㄇㄚ　ㄋㄚ↘]？

瑪莉亞：您來自哪裡？

Tono：Saya berasal dari Amerika. Anda?

[ㄉㄛ　ㄋㄛ]：[ㄙㄚ　ㄧㄚ↘][ㄅㄜ↗　ㄖㄚ　ㄙㄚㄌ↘]

[ㄉㄚ↗　ㄖㄧ↘][ㄚ　ㄇㄝ↘　ㄖㄧ　ㄍㄚ↘]。[ㄢ↘　ㄉㄚ↘]？

多諾：我來自美國。您呢？

Maria：Saya berasal dari Indonesia.

[ㄇㄚ　ㄖㄧㄚ↘]：[ㄙㄚ　ㄧㄚ↘][ㄅㄜ↗　ㄖㄚ　ㄙㄚㄌ↘]

[ㄉㄚ↗　ㄖㄧ↘][ㄧㄣ↗　ㄉㄛ　ㄋㄝ↘　ㄒㄧㄚ↘]。

瑪莉亞：我來自印尼。

Tono：Sampai jumpa!

[ㄉㄛ　ㄋㄛ]：[ㄙㄚㄇ↘　ㄅㄞ↘][ㄓㄨㄇ↘　ㄅㄚ↘]

多諾：再見！

Maria：Sampai jumpa!

[ㄇㄚ　ㄖㄧㄚ↘]：[ㄙㄚㄇ↘　ㄅㄞ↘][ㄓㄨㄇ↘　ㄅㄚ↘]

瑪莉亞：再見！

5. 家族樹 MP3-57

Ini suami saya.
[ㄧ　ㄋㄧ↘][ㄙㄨ　ㄚ　ㄇㄧ↘][ㄙㄚ　ㄧㄚ↘]
這是我先生。

請把以下的單字套進例句中的**標色字**位置，開口說說看吧！

istri
[ㄧㄙ　ㄊㄖㄧ↘]
太太

kakek
[ㄍㄚ　ㄍㄜㄎ↘]
爺爺、外公

nenek
[ㄋㄝ　ㄋㄝㄎ↘]
奶奶、外婆

ayah
[ㄚ　ㄧㄚ↘]
父親

ibu

[ㄧ　ㄅㄨ↘]

母親

paman

[ㄅㄚ　ㄇㄢ↘]

伯伯、舅舅、叔叔

bibi

[ㄅㄧ　ㄅㄧ↘]

姑姑、阿姨

anak laki-laki

[ㄚ　ㄋㄚㄎ↘][ㄌㄚ　ㄍㄧ↘][ㄌㄚ　ㄍ　↘]

兒子

anak perempuan

[ㄚ　ㄋㄚㄎ↘][ㄅㄜ↗　ㄖㄜㄇ↘　ㄅㄨ　ㄢ↘]

女兒

kakak laki-laki

[ㄍㄚ　ㄍㄚㄎ↘][ㄌㄚ　ㄍㄧ↘][ㄌㄚ　ㄍㄧ↘]

哥哥

星期五

星期五

Hari Jumat

kakak perempuan

[ㄍㄚ　ㄍㄚㄎ↘][ㄅㄜ↗　ㄖㄜㄇ↘　ㄅㄨ　ㄢ↘]

姐姐

adik laki-laki

[ㄚ　ㄉㄧㄎ↘][ㄌㄚ　ㄍㄧ↘][ㄌㄚ　ㄍㄧ↘]

弟弟

adik perempuan

[ㄚ　ㄉㄧㄎ↘][ㄅㄜ↗　ㄖㄜㄇ↘　ㄅㄨ　ㄢ↘]

妹妹

cucu laki-laki

[ㄗㄨ　ㄗㄨ↘][ㄌㄚ　ㄍㄧ↘][ㄌㄚ　ㄍㄧ↘]

孫子

cucu perempuan

[ㄗㄨ　ㄗㄨ↘][ㄅㄜ↗　ㄖㄜㄇ↘　ㄅㄨ　ㄢ↘]

孫女

sepupu laki-laki

[ㄙㄜ　ㄅㄨ　ㄅㄨ↘][ㄌㄚ　ㄍㄧ↘][ㄌㄚ　ㄍㄧ↘]

表／堂（哥／弟）

sepupu perempuan

[ㄙㄜ　ㄅㄨ　ㄅㄨ↘] [ㄅㄜ↗　ㄖㄜㄇ↘　ㄅㄨ　ㄢ↘]

表／堂（姐／妹）

keponakan laki-laki

[ㄍㄜ　ㄅㄛ　ㄋㄚ　ㄍㄢ↘] [ㄌㄚ　ㄍㄧ↘] [ㄌㄚ　ㄍㄧ↘]

侄子

keponakan perempuan

[ㄍㄜ　ㄅㄛ　ㄋㄚ　ㄍㄢ↘] [ㄅㄜ↗　ㄖㄜㄇ↘　ㄅㄨ　ㄢ↘]

姪女

※ 注意！

在問性別時，分辨男女是用「laki-laki」和「perempuan」，分別表示「男生」和「女生」。

在對話裡，假如對方已經知道我們所描述的人性別是男或女，又或者被描述的人物在場，我們可以就省略說出「laki-laki」或「perempuan」這個詞。

練習一下！ MP3-58

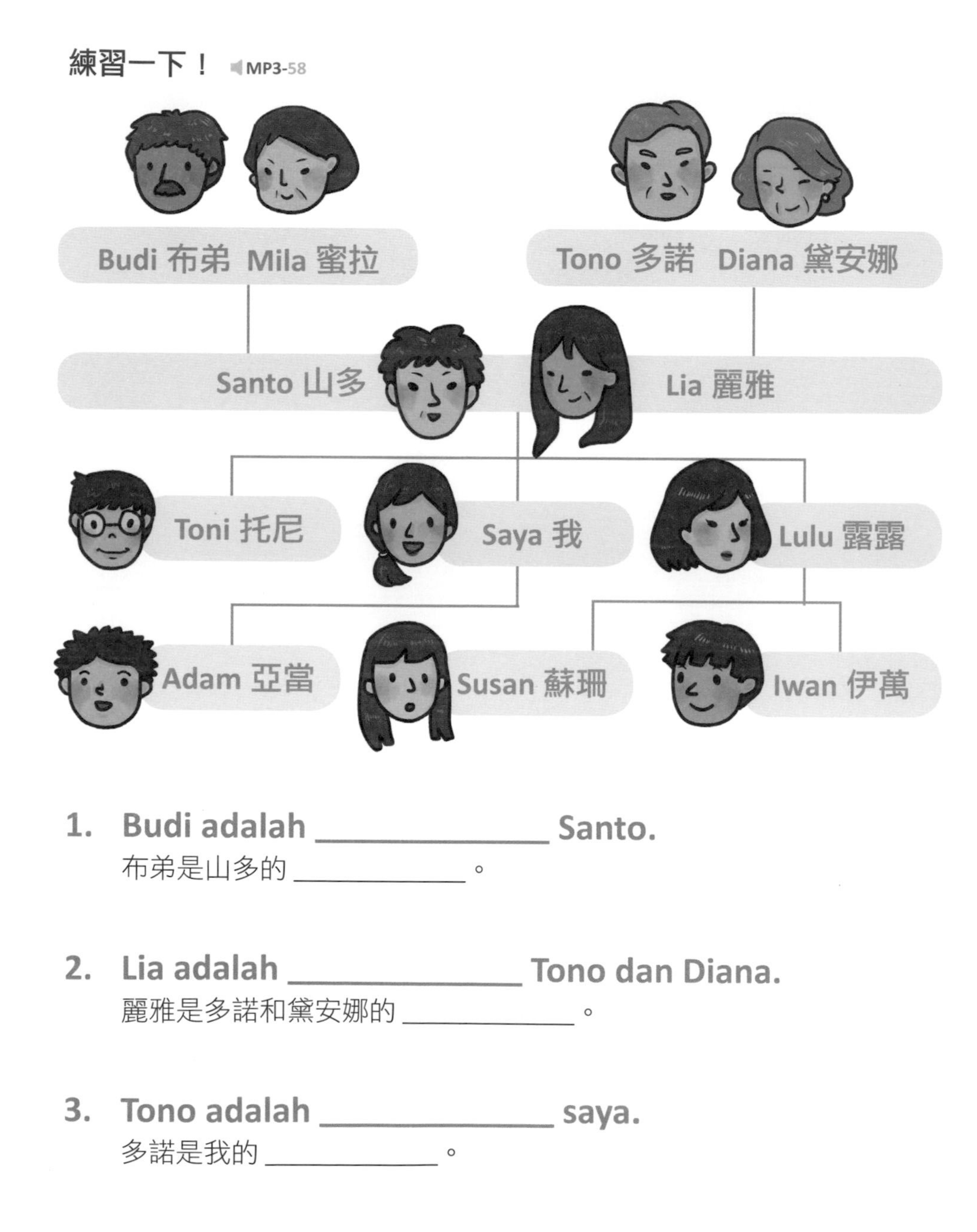

1. **Budi adalah ______________ Santo.**
   布弟是山多的 ______________。

2. **Lia adalah ______________ Tono dan Diana.**
   麗雅是多諾和黛安娜的 ______________。

3. **Tono adalah ______________ saya.**
   多諾是我的 ______________。

4. **Adam adalah ______________ saya.**
亞當是我的 __________。

5. **Susan adalah ______________ Lulu.**
蘇珊是露露的 __________。

6. **Toni adalah ______________ Mila.**
托尼是蜜拉的 __________。

7. **Saya adalah ______________ Susan.**
我是蘇珊的 __________。

8. **Adam adalah ______________ Iwan.**
亞當是伊萬的 __________。

9. **Iwan adalah ______________ Toni.**
伊萬是托尼的 __________。

10. **Lulu adalah ______________ Toni.**
露露是托尼的 __________。

星期五

6. 印尼語中常用之疑問句 MP3-59

❶ 問人時使用

Siapa?

[ㄒㄧ↗　ㄚ　ㄅㄚ↘]？

誰？

❷ 問事或物時使用

Apa?

[ㄚ　ㄅㄚ↘]？

什麼？

❸ 問時間時使用

Kapan?

[ㄍㄚ↗　ㄅㄢ↘]？

何時？

❹ 問地點時使用

Dari mana?

[ㄉㄚ↗　ㄖㄧ↘][ㄇㄚ　ㄋㄚ↘]？

從哪裡？

Ke mana?

[ㄍㄜ↗] [ㄇㄚ　ㄋㄚ↘] ?

去哪裡？

Di mana?

[ㄉㄧ↗] [ㄇㄚ　ㄋㄚ↘] ?

在哪裡？

5 問方式時使用

Bagaimana?

[ㄅㄚ↗　ㄍㄞ↗　ㄇㄚ　ㄋㄚ↘] ?

如何？

6 問數字時使用

Berapa ?

[ㄅㄜ↗　ㄖㄚ　ㄅㄚ↘] ?

多少？

印尼的服裝

印尼常年氣候溫和，約 24℃～ 32℃，一般會穿著簡薄衣裝，短袖襯衫。

印尼各島的傳統服飾都不同，但最具有代表性的是以「Batik」（臘染布）所製作的服飾，質料以絲或棉布為主，色彩鮮艷，圖案優美，相當具有民族特色，除了十分適合當地氣候，長袖可當作正式晚宴服。

2009 年 10 月 2 日，「Batik」頒定為聯合國教科文組織非物質文化遺產，從此印尼政府將每年的 10 月 2 日訂定為全國蠟染日。現在的印尼，不管是學生、老師、上班族、或是公務員，每週五都會穿著「Batik」服裝。

除了「Batik」之外，常見的是「Kebaya」（可芭雅）。它是一有點透明或是薄棉布製成的開襟上衣。上衣的布邊、領口與袖口部份都有花朵圖案的刺繡。下身會搭配「Batik」布料，不一定要跟上身同一個花色，但一定都是長裙類的。

回教徒的婦女們大部分都會包頭巾，用漂亮的別針固定頭巾的位置。有些頭巾上面還有流蘇、滾邊、繡花。印尼人非常注重穿著及打扮，參加會議或宴席時，大部分的人會先到沙龍梳頭髮以及化妝。由於氣候的關係，印尼人在一般日常生活時，穿得比較簡單輕便，只要搭配拖鞋就行了。

各式各樣的蠟染布「Batik」

現代的可芭雅「Kebaya」

Selamat datang

[ㄙㄜ ㄌㄚ ㄇㄚㄊ↘]
[ㄉㄚ ㄉㄤ↘]
歡迎光臨

星期六

Hari Sabtu

Ha-ri Sab-tu

[ㄏㄚ　ㄖㄧ↘]

[ㄙㄚㄅ↘　ㄉㄨ↘]

—學習內容—

1. 數字：**1**、**2**、**3**

2. 購物：這～多少錢

3. 約會：何時、何處

4. 連絡：電話號碼

—學習目標—

把最基本的數字、多少錢、地點、電話號碼等搞定，

就可以開口說說印尼語，四處趴趴走了！加油！

星期六
Hari Sabtu

1. 數字：1、2、3

❶ 印尼語的數字 MP3-60

0	**nol / kosong** [ㄋㄛㄌ↘] ／ [ㄍㄛ　ㄙㄨㄥ↘]
1	**satu** [ㄙㄚ　ㄉㄨ↘]
2	**dua** [ㄉㄨ　ㄚ↘]
3	**tiga** [ㄉㄧ　ㄍㄚ↘]
4	**empat** [ㄜㄇ↘　ㄅㄚㄊ↘]
5	**lima** [ㄌㄧ　ㄇㄚ↘]
6	**enam** [ㄜ　ㄋㄚㄇ↘]
7	**tujuh** [ㄉㄨ　ㄓㄨ↘]
8	**delapan** [ㄉㄜ　ㄌㄚ　ㄅㄢ↘]
9	**sembilan** [ㄙㄜㄇ　ㄅㄧ　ㄌㄢ↘]
10	**sepuluh** [ㄙㄜ　ㄅㄨ　ㄌㄨ↘]

11 **sebelas**
[ㄙㄜ ㄅㄜ ㄌㄚㄙ↘]

12 **dua belas**
[ㄉㄨ ㄚ↘][ㄅㄜ ㄌㄚㄙ↘]

13 **tiga belas**
[ㄉㄧ ㄍㄚ↘][ㄅㄜ ㄌㄚㄙ↘]

14 **empat belas**
[ㄜㄇ↘ ㄅㄚㄊ↘][ㄅㄜ ㄌㄚㄙ↘]

15 **lima belas**
[ㄌㄧ ㄇㄚ↘][ㄅㄜ ㄌㄚㄙ↘]

16 **enam belas**
[ㄜ ㄋㄚㄇ↘][ㄅㄜ ㄌㄚㄙ↘]

17 **tujuh belas**
[ㄉㄨ ㄓㄨ↘][ㄅㄜ ㄌㄚㄙ↘]

18 **delapan belas**
[ㄉㄜ ㄌㄚ ㄅㄢ↘][ㄅㄜ ㄌㄚㄙ↘]

19 **sembilan belas**
[ㄙㄜㄇ ㄅㄧ ㄌㄢ↘][ㄅㄜ ㄌㄚㄙ↘]

20 **dua puluh**
[ㄉㄨ ㄚ↘][ㄅㄨ ㄌㄨ↘]

21 **dua puluh satu**
[ㄉㄨ ㄚ↘][ㄅㄨ ㄌㄨ↘][ㄙㄚ ㄉㄨ↘]

22 **dua puluh dua**
[ㄉㄨ ㄚ↘][ㄅㄨ ㄌㄨ↘][ㄉㄨ ㄚ↘]

23 **dua puluh tiga**
[ㄉㄨ ㄚ↘][ㄅㄨ ㄌㄨ↘][ㄉㄧ ㄍㄚ↘]

24 **dua puluh empat**
[ㄉㄨ ㄚ↘][ㄅㄨ ㄌㄨ↘][ㄜㄇ↘ ㄅㄚㄊ↘]

25 **dua puluh lima**
[ㄉㄨ ㄚ↘][ㄅㄨ ㄌㄨ↘][ㄌㄧ ㄇㄚ↘]

26 **dua puluh enam**
[ㄉㄨ ㄚ↘][ㄅㄨ ㄌㄨ↘][ㄜ ㄋㄚㄇ↘]

27 **dua puluh tujuh**
[ㄉㄨ ㄚ↘][ㄅㄨ ㄌㄨ↘][ㄉㄨ ㄓㄨ↘]

28 **dua puluh delapan**
[ㄉㄨ ㄚ↘][ㄅㄨ ㄌㄨ↘][ㄉㄜ ㄌㄚ ㄅㄢ↘]

29 **dua puluh sembilan**
[ㄉㄨ ㄚ↘][ㄅㄨ ㄌㄨ↘][ㄙㄜㄇ ㄅㄧ ㄌㄢ↘]

30 **tiga puluh**
[ㄉㄧ ㄍㄚ↘][ㄅㄨ ㄌㄨ↘]

31 **tiga puluh satu**
[ㄉㄧ ㄍㄚ↘][ㄅㄨ ㄌㄨ↘][ㄙㄚ ㄉㄨ↘]

… **…**

40 **empat puluh**
[ㄜㄇ↘ ㄅㄚㄊ↘][ㄅㄨ ㄌㄨ↘]

50 **lima puluh**
[ㄌㄧ ㄇㄚ↘][ㄅㄨ ㄌㄨ↘]

60 **enam puluh**
[ㄜ ㄋㄚㄇ↘][ㄅㄨ ㄌㄨ↘]

70 **tujuh puluh**
[ㄉㄨ ㄓㄨ↘][ㄅㄨ ㄌㄨ↘]

80 **delapan puluh**
[ㄉㄜ ㄌㄚ ㄅㄢ↘][ㄅㄨ ㄌㄨ↘]

90 **sembilan puluh**
[ㄙㄜㄇ ㄅㄧ ㄌㄢ↘][ㄅㄨ ㄌㄨ↘]

… **…**

100 **seratus**
[ㄙㄜ ㄖㄚ ㄉㄨㄙ↘]

❷ 印尼語的單位 MP3-61

satu 是 1，10 和 100 和 1,000 的表示方法，則是「1 ＋數字」，例如：

10 ＝ **1 ＋ 10** ＝ **satu ＋ puluh** ＝ **sepuluh**

100 ＝ **1 ＋ 100** ＝ **satu ＋ ratus** ＝ **seratus**

1,000 ＝ **1 ＋ 1000** ＝ **satu ＋ ribu** ＝ **seribu**

印尼語的單位：

1 satu ＝ se（個的單位）
[ㄙㄚ ㄉㄨ↘]

puluh（十的單位）
[ㄅㄨ ㄌㄨ↘]

ratus（百的單位）
[ㄖㄚ ㄉㄨㄙ↘]

ribu（千的單位）
[ㄖㄧ ㄅㄨ↘]

puluh ribu（萬，印尼的華人會把它說「十千」）
[ㄅㄨ ㄌㄨ↘][ㄖㄧ ㄅㄨ↘]

ratus ribu（十萬，印尼的華人會把它說「百千」）
[ㄖㄚ ㄉㄨㄙ↘][ㄖㄧ ㄅㄨ↘]

juta（百萬，印尼的華人會把它說「條」）
[ㄓㄨ ㄉㄚ↘]

ratus juta（億，印尼的華人會把它說「百條」）
[ㄖㄚ ㄉㄨㄙ↘][ㄓㄨ ㄉㄚ↘]

milyar（百億，印尼人會把它說「M」）
[ㄇㄧ↘　ㄌㄧㄚ囗↘]

Rupiah 印尼幣
[囗ㄨ↗　ㄅㄧ　ㄚ↘]

※ 注意！

當我們要說其他的數字時，直接把前面的「se-」換成要說的數字即可，例如：

500	＝5	＋100	＝lima	＋ratus	＝lima ratus
2,000	＝2	＋1000	＝dua	＋ribu	＝dua ribu
13,000	＝13	＋1000	＝tiga belas	＋ribu	＝tiga belas ribu
300,000	＝300	＋1000	＝tiga＋ratus＋ribu		＝tiga ratus ribu

星期六

Hari Sabtu

2. 購物：這～多少錢？

❶ 用印尼語詢問多少錢 MP3-62

Berapa harga baju ini?

[ㄅㄜ↗ ㄖㄚ ㄅㄚ↘][ㄏㄚㄖ ㄍㄚ↘][ㄅㄚ↘ ㄓㄨ↘]

[ㄧ ㄋㄧ↘]？

這件衣服多少錢？

sepatu

[ㄙㄜ↗ ㄅㄚ ㄉㄨ↘]

鞋子

apel

[ㄚ ㄅㄜㄌ↘]

蘋果

celana

[ㄗㄜ ㄌㄚ ㄋㄚ↘]

褲子

buku

[ㄅㄨ ㄍㄨ↘]

書

② 印尼語的「它」 MP3-63

-nya（它）代表我們正在說的物品，如同英文裡「it」的用法。所以假設在對話裡雙方已經知道他們所說的物品時，便可以直接說：

Berapa harganya?

[ㄅㄜ↗　ㄖㄚ　ㄅㄚ↘][ㄏㄚㄖ　ㄍㄚ↘][ㄋㄧㄚ↘]？

它多少錢？

Lima ratus ribu rupiah.

[ㄌㄧ　ㄇㄚ↘][ㄖㄚ　ㄉㄨㄙ↘][ㄖㄧ　ㄅㄨ↘]

[ㄖㄨ↗　ㄅㄧ　ㄚ↘]

印尼盾 500,000 元

dua puluh lima ribu rupiah

[ㄉㄨ　ㄚ↘][ㄅㄨ　ㄌㄨ↘][ㄌㄧ　ㄇㄚ↘]

[ㄖㄧ　ㄅㄨ↘][ㄖㄨ↗　ㄅㄧ　ㄚ↘]

印尼盾 25,000 元

tiga ratus dua puluh ribu rupiah

[ㄉㄧ　ㄍㄚ↘][ㄖㄚ　ㄉㄨㄙ↘][ㄉㄨ　ㄚ↘][ㄅㄨ　ㄌㄨ↘]

[ㄖㄧ　ㄅㄨ↘][ㄖㄨ↗　ㄅㄧ　ㄚ↘]

印尼盾 320,000 元

delapan ribu lima ratus rupiah

[ㄉㄜ　ㄌㄚ　ㄅㄢ↘][ㄖㄧ　ㄅㄨ↘]

[ㄌㄧ　ㄇㄚ↘][ㄖㄚ　ㄉㄨㄙ↘][ㄖㄨ↗　ㄅㄧ　ㄚ↘]

印尼盾 8,500 元

tujuh puluh empat juta rupiah

[ㄉㄨ　ㄓㄨ↘][ㄅㄨ　ㄌㄨ↘][ㄜㄇ↘　ㄅㄚㄊ↘][ㄓㄨ　ㄉㄚ↘]

[ㄖㄨ↗　ㄅㄧ　ㄚ↘]

印尼盾 74,000,000 元

※ 注意！

在一般日常生活裡做交易時，我們可以省略「rupiah」這個字。

印尼最小的硬幣是 100 元

印尼最大的硬幣是 1,000 元

印尼最小的紙鈔是 1,000 元

印尼最大的紙鈔是 100,000 元

③ 印尼語常用的購物句子 MP3-64

boleh tawar?

[ㄅㄛ　ㄌㄝ↘][ㄉㄚ　ㄨㄚㄖ↘]？

可以議價嗎？

boleh kurang?

[ㄅㄛ　ㄌㄝ↘][ㄍㄨ　ㄖㄤ↘]？

可以算便宜嗎？

murah sekali

[ㄇㄨ　ㄖㄚ↘][ㄙㄜ　ㄍㄚ　ㄌㄧ↘]

很便宜

mahal sekali

[ㄇㄚ　ㄏㄚㄌ↘][ㄙㄜ　ㄍㄚ　ㄌㄧ↘]

很貴

bayar tunai

[ㄅㄚ　ㄧㄚㄖ↘][ㄉㄨ　ㄋㄞ↘]

付現金

pakai kartu kredit

[ㄅㄚ　ㄍㄞ↘][ㄍㄚㄖ↘　ㄉㄨ↘][ㄍㄖㄝ↘　ㄉㄧㄊ↘]

用信用卡

tolong kasih bon

[ㄉㄛ　ㄌㄨㄥ↘][ㄍㄚ　ㄒㄧ↘][ㄅㄛㄣ↘]

請給我收據

星期六
Hari Sabtu

④ 開口對話看看吧！ MP3-65

Penjual：Selamat pagi, Bu! Ada yang bisa dibantu?

[ㄅㄣ↘ ㄓㄨ ㄚㄌ↘]：[ㄙㄜ ㄌㄚ ㄇㄚㄊ↘][ㄅㄚ ㄍㄧ↘]，[ㄅㄨ↘]！

[ㄚ ㄉㄚ↘][ㄧㄤ↘][ㄅㄧ ㄙㄚ↘][ㄉㄧ↘][ㄅㄢ ㄉㄨ↘]？

賣方：女士，早安！有需要幫忙嗎？

Pembeli：Pagi, Pak! Saya mau membeli baju. Berapa harga baju ini?

[ㄅㄜㄇ↘ ㄅㄜ↗ ㄌㄧ↘]：[ㄅㄚ ㄍㄧ↘]，[ㄅㄚㄎ↘]！

[ㄙㄚ ㄧㄚ↘][ㄇㄠ↘][ㄇㄜㄇ↘ ㄅㄜ↗ ㄌㄧ↘][ㄅㄚ↘ ㄓㄨ↘]。

[ㄅㄜ↗ ㄖㄚ ㄅㄚ↘][ㄏㄚㄖ ㄍㄚ↘][ㄅㄚ↘ ㄓㄨ↘][ㄧ ㄋㄧ↘]？

買方：先生，早！我要買衣服。這件衣服多少錢？

Penjual：Harganya delapan ratus ribu.

[ㄅㄣ↘ ㄓㄨ ㄚㄌ↘]：[ㄏㄚㄖ ㄍㄚ↘][ㄋㄧㄚ↘]

[ㄉㄜ ㄌㄚ ㄅㄢ↘][ㄖㄚ ㄉㄨㄙ↘][ㄖㄧ ㄅㄨ↘]。

賣方：它的價格 80 萬。

Pembeli：Mahal sekali. Boleh kurang?

[ㄅㄜㄇ↘ ㄅㄜ↗ ㄌㄧ↘]：[ㄇㄨ ㄏㄚㄌ↘][ㄙㄜ ㄍㄚ ㄌㄧ↘]。

[ㄅㄛ ㄌㄝ↘][ㄍㄨ ㄖㄤ↘]？

買方：很貴。可以便宜點嗎？

Penjual：Beli dua, satu juta lima ratus ribu.

[ㄅㄣ↘ ㄓㄨ ㄚㄌ↘]：[ㄅㄜ↗ ㄌㄧ↘][ㄉㄨ ㄚ↘]，

[ㄙㄚ ㄉㄨ↘][ㄓㄨ ㄉㄚ↘][ㄌㄧ ㄇㄚ↘][ㄖㄚ ㄉㄨㄙ↘][ㄖㄧ ㄅㄨ↘]。

賣方：買 2 件，算你 150 萬。

Pembeli：Baiklah, saya beli dua.

[ㄅㄜㄇ↘ ㄅㄜ↗ ㄌㄧ↘]：[ㄅㄚ ㄧㄎ↘][ㄌㄚ↘]，

[ㄙㄚ ㄧㄚ↘][ㄅㄜ↗ ㄌㄧ↘][ㄉㄨ ㄚ↘]。

買方：好吧，我買 2 件。

Penjual：Terima kasih, Bu.

[ㄅㄣ↘ ㄓㄨ ㄚㄌ↘]：[ㄉㄜ ㄖㄧ ㄇㄚ↘][ㄍㄚ ㄒㄧ↘]，[ㄅㄨ↘]。

賣方：謝謝，女士。

Pembeli：Sama-sama, Pak.

[ㄅㄜㄇ↘ ㄅㄜ↗ ㄌㄧ↘]：[ㄙㄚ↗ ㄇㄚ↘][ㄙㄚ↗ ㄇㄚ↘]，[ㄅㄚㄎ↘]。

買方：不客氣，先生。

3. 約會：時間、場所

① 星期幾 MP3-66

Besok hari apa?
[ㄅせ　ㄙㄛㄎ↘][ㄏㄚ　ㄖㄧ↘][ㄚ　ㄅㄚ↘]？
明天星期幾？

Besok hari Senin.
[ㄅせ　ㄙㄛㄎ↘][ㄏㄚ　ㄖㄧ↘][ㄙㄜ　ㄋㄧㄣ↘]。
明天星期一。

請把以下的單字套進例句中的**標色字**位置，開口說說看吧！

Senin
[ㄙㄜ　ㄋㄧㄣ↘]
星期一

Selasa
[ㄙㄜ　ㄌㄚ　ㄙㄚ↘]
星期二

Rabu
[ㄖㄚ　ㄅㄨ↘]
星期三

Kamis
[ㄍㄚ　ㄇㄧㄙ↘]
星期四

Jumat
[ㄓㄨㄇ↘　ㄚㄊ↘]
星期五

Sabtu
[ㄙㄚㄅ↘　ㄉㄨ↘]
星期六

Minggu
[ㄇㄧㄥ↘　ㄍㄨ↘]
星期日

星期六

❷ 昨天、今天、明天 MP3-67

Besok hari apa?
[ㄅㄝ　ㄙㄛㄎ↘][ㄏㄚ　ㄖㄧ↘][ㄚ　ㄅㄚ↘]？
明天星期幾？

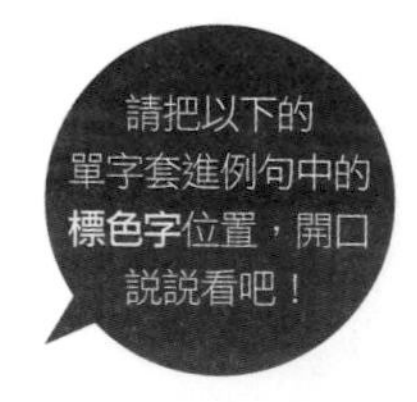

hari ini
[ㄏㄚ　ㄖㄧ↘][ㄧ　ㄋㄧ↘]
今天

kemarin
[ㄍㄜ↗　ㄇㄚ　ㄖㄧㄣ↘]
昨天

lusa
[ㄌㄨ　ㄙㄚ↘]
後天

③ 月份 MP3-68

用「apa」或「berapa」問月份時，其實意思是一樣的，但是回答方式不一樣。「apa」是問「什麼」，「berapa」是問「多少」（數字請參考 P.144）。

Ini bulan apa?
[ㄧ　ㄋㄧ↘] [ㄅㄨ　ㄌㄢ↘]
[ㄚ　ㄅㄚ↘]？
這是什麼月份？

Ini bulan berapa?
[ㄧ　ㄋㄧ↘] [ㄅㄨ　ㄌㄢ↘]
[ㄅㄜ↗　ㄖㄚ　ㄅㄚ↘]？
這是幾月份？

Ini bulan Januari.
[ㄧ　ㄋㄧ↘] [ㄅㄨ　ㄌㄢ↘]
[ㄓㄚ　ㄋㄨ↗　ㄚ　ㄖㄧ↘]。
這是 1 月份。

Ini bulan satu.
[ㄧ　ㄋㄧ↘] [ㄅㄨ　ㄌㄢ↘]
[ㄙㄚ　ㄉㄨ↘]。
這是 1 月份。

Januari
[ㄓㄚ↘　ㄋㄨ↗　ㄚ　ㄖㄧ↘]
1 月

Februari
[ㄈㄝㄅ↘　ㄖㄨ↗　ㄚ　ㄖㄧ↘]
2 月

星期六

Hari Sabtu

Maret

[ㄇㄚ　ㄖㄜㄊ↘]

3 月

April

[ㄚㄆ↘　ㄖㄧㄌ↘]

4 月

Mei

[ㄇㄟ↘]

5 月

Juni

[ㄓㄨ　ㄋㄧ↘]

6 月

Juli

[ㄓㄨ　ㄌㄧ↘]

7 月

Agustus

[ㄚ↗　ㄍㄨㄙ↘　ㄉㄨㄙ↘]

8 月

September
[ㄙㄝㄆ↘　ㄉㄝㄇ↘　ㄅㄜㄖ↘]
9 月

Oktober
[ㄛㄎ↘　ㄉㄛ　ㄅㄜㄖ↘]
10 月

November
[ㄋㄛ↗　ㄈㄝㄇ↘　ㄅㄜㄖ↘]
11 月

Desember
[ㄉㄝ↗　ㄙㄝㄇ↘　ㄅㄜㄖ↘]
12 月

④ 時間 MP3-69

Jam berapa sekarang?

[ㄓㄚㄇ↘][ㄅㄜ↗ ㄖㄚ ㄅㄚ↘][ㄙㄜ ㄍㄚ ㄖㄤ↘]？

現在幾點？

Jam satu siang.

[ㄓㄚㄇ↘][ㄙㄚ ㄉㄨ↘][ㄒㄧ ㄤ↘]。

下午一點鐘。

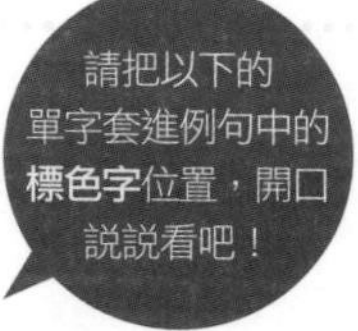

setengah dua

[ㄙㄜ ㄉㄜ↘ ㄥㄚ]

[ㄉㄨ ㄚ↘]

1 點半

satu lewat lima belas menit

[ㄙㄚ ㄉㄨ↘][ㄌㄝ ㄨㄚㄊ↘][ㄌㄧ ㄇㄚ↘]

[ㄅㄜ ㄌㄚㄙ↘][ㄇㄜ ㄋㄧㄊ↘]

1 點 15 分

delapan kurang sepuluh menit

[ㄉㄜ ㄌㄚ ㄅㄢ↘][ㄍㄨ ㄖㄤ↘]

[ㄙㄜ ㄅㄨ ㄌㄨ↘][ㄇㄜ ㄋㄧㄊ↘]

8 點少 10 分

lima sore

[ㄌㄧ ㄇㄚ↘][ㄙㄛ ㄖㄝ↘]

下午 5 點

setengah tujuh

[ㄙㄜ ㄉㄜ ㄥㄚ↘][ㄉㄨ ㄓㄨ↘]

6 點半

sebelas kurang dua puluh menit

[ㄙㄜ ㄅㄜ ㄌㄚㄙ↘][ㄍㄨ ㄖㄤ↘]

[ㄉㄨ ㄚ↘][ㄅㄨ ㄌㄨ↘][ㄇㄜ ㄋㄧㄊ↘]

11 點少 20 分

empat lewat dua puluh menit

[ㄜㄇ↘ ㄅㄚㄊ↘][ㄌㄝ ㄨㄚㄊ↘]

[ㄉㄨ ㄚ↘][ㄅㄨ ㄌㄨ↘][ㄇㄜ ㄋㄧㄊ↘]

4 點多 20 分

※ 時間相關詞彙

jam berapa	幾點	**lewat**	超過、經過
sekarang	現在	**menit**	分鐘
setengah	半	**kurang**	缺少、減少

⑤ 地點 MP3-70

Bertemu di mana?

[ㄅㄜ ㄖ↘ ㄉㄜ↗ ㄇㄨ↘] [ㄉㄧ↗][ㄇㄚ ㄋㄚ↘] ?

在哪裡見面？

Bertemu di lobi hotel.

[ㄅㄜㄖ↘ ㄉㄜ↗ ㄇㄨ↘][ㄉㄧ↗][ㄌㄛ↘ ㄅㄧ↘][ㄏㄛ ㄉㄜㄌ↘]

在飯店大廳見面。

perempatan jalan

[ㄅㄜ ㄖㄜㄇ↘ ㄅㄚ↘ ㄉㄢ↘] [ㄓㄚ↘ ㄌㄢ↘]

十字路口

rumah sakit

[ㄖㄨ ㄇㄚ↘] [ㄙㄚ ㄍㄧㄊ↘]

醫院

restoran

[ㄖㄝㄙ↘ ㄉㄛ ㄖㄢ↘]

餐廳

rumah Anita

[ㄖㄨ　ㄇㄚ↘] [ㄚ↗　ㄋㄧ　ㄉㄚ↘]

安妮塔的家

※ 見面的相關詞彙

bertemu　見面（原型：temu）

lobi　大廳

星期六

❻ 開口對話看看吧！（見面時） MP3-71

Dion：Selamat malam, Anita! Besok ada waktu?

[ㄉㄧˋ ㄛㄣˋ]：[ㄙㄜ ㄌㄚ ㄇㄚㄊˋ] [ㄇㄚ ㄌㄚㄇˋ]，
[ㄚˊ ㄋㄧ ㄉㄚˋ]！[ㄅㄝ ㄙㄛㄎˋ] [ㄚ ㄉㄚˋ] [ㄨㄚㄎˋ ㄉㄨˋ]？

狄翁：安妮塔，晚安！明天有空嗎？

Anita：Malam, Pak Dion! Besok hari apa ya?

[ㄚˊ ㄋㄧ ㄉㄚˋ]：[ㄇㄚ ㄌㄚㄇˋ]，[ㄅㄚㄎˋ] [ㄉㄧˋ ㄛㄣˋ]！
[ㄅㄝ ㄙㄛㄎˋ] [ㄏㄚ ㄖㄧˋ] [ㄚ ㄅㄚˋ] [ㄧㄚˊ]？

安妮塔：晚安，狄翁先生！明天星期幾呢？

Dion：Besok hari kamis.

[ㄉㄧˋ ㄛㄣˋ]：[ㄅㄝ ㄙㄛㄎˋ] [ㄏㄚ ㄖㄧˋ] [ㄍㄚ ㄇㄧㄙˋ]。

狄翁：明天星期四。

Anita：Oh, besok saya ada waktu. Jam berapa, Pak?

[ㄚˊ ㄋㄧ ㄉㄚˋ]：[ㄛˋ]，[ㄅㄝ ㄙㄛㄎˋ] [ㄙㄚ ㄧㄚˋ]
[ㄚ ㄉㄚˋ] [ㄨㄚㄎˋ ㄉㄨˋ]。
[ㄓㄚㄇˋ] [ㄅㄜˊ ㄖㄚ ㄅㄚˋ]，[ㄅㄚㄎˋ]？

安妮塔：喔，明天我有空。幾點，先生？

Dion：Jam setengah tiga sore.

[ㄉㄧ↘ ㄛㄣ↘]:[ㄓㄚㄇ↘][ㄙㄜ ㄉㄜ ㄥㄚ↘][ㄉㄧ ㄍㄚ↘][ㄙㄛ ㄖㄝ↘]。

狄翁：下午兩點半。

Anita：Bertemu di mana, Pak?

[ㄚ↗ ㄋㄧ ㄉㄚ↘]：[ㄅㄜㄖ↘ ㄉㄜ↗ ㄇㄨ↘][ㄉㄧ↗][ㄇㄚ ㄋㄚ↘]，[ㄅㄚㄎ↘]？

安妮塔：在哪裡見面，先生？

Dion：Bertemu di lobi Hotel Ramayana.

[ㄉㄧ↘ ㄛㄣ↘]：[ㄅㄜㄖ↘ ㄉㄜ↗ ㄇㄨ↘][ㄉㄧ↗][ㄌㄛ↘ ㄅㄧ↘][ㄏㄛ ㄉㄜㄌ↘][ㄖㄚ↗ ㄇㄚ↗ ㄧㄚ ㄋㄚ↘]。

狄翁：在拉瑪亞那飯店大廳見面。

Anita：Baik, Pak. Sampai bertemu besok.

[ㄚ↗ ㄋㄧ ㄉㄚ↘]：[ㄅㄚ ㄧㄎ↘]，[ㄅㄚㄎ↘]。[ㄙㄚㄇ↘ ㄅㄞ↘][ㄅㄜㄖ↘ ㄉㄜ↗ ㄇㄨ↘][ㄅㄝ ㄙㄛㄎ↘]。

安妮塔：好的，先生。明天見。

Dion：Sampai besok.

[ㄉㄧ↘ ㄛㄣ↘]：[ㄙㄚㄇ↘ ㄅㄞ↘][ㄅㄝ ㄙㄛㄎ↘]。

狄翁：明天見。

⑦ 開口對話看看吧！（電話中） MP3-72

Adi：Hallo, selamat siang! Saya Adi dari Perusahaan Satu Dua Tiga.

[ㄚ　ㄉㄧ↘]：[ㄏㄚ↗　ㄌㄛ↘]，[ㄙㄜ　ㄌㄚ　ㄇㄚㄊ↘][ㄒㄧ　ㄤ↘]！
[ㄙㄚ　ㄧㄚ↘][ㄚ　ㄉㄧ↘][ㄉㄚ↗　ㄖㄧ↘][ㄅㄜ↗　ㄖㄨ↗　ㄙㄚ↗　ㄏㄚ　ㄢ↘]
[ㄙㄚ　ㄉㄨ↘][ㄉㄨ　ㄚ↘][ㄉㄧ　ㄍㄚ↘]。

阿弟：喂，午安！我是一二三公司的阿弟。

Ami：Hallo, selamat siang, Pak Adi! Saya Ami, ada yang bisa saya bantu?

[ㄚ　ㄇㄧ↘]：[ㄏㄚ↗　ㄌㄛ↘]，[ㄙㄜ　ㄌㄚ　ㄇㄚㄊ↘][ㄒㄧ　ㄤ↘]，
[ㄅㄚㄎ↘][ㄚ　ㄉㄧ↘]！[ㄙㄚ　ㄧㄚ↘][ㄚ　ㄇㄧ↘]，
[ㄚ　ㄉㄚ↘][ㄧㄤ↘][ㄅㄧ　ㄙㄚ↘][ㄙㄚ　ㄧㄚ↘][ㄅㄢ　ㄉㄨ↘]？

阿米：喂，午安阿弟先生！我是阿米，有需要幫忙嗎？

Adi：Bu Ami, saya mau bertemu dengan Bapak Direktur Utama. Kapan beliau bisa ditemui?

[ㄚ　ㄉㄧ↘]：[ㄅㄨ↘][ㄚ　ㄇㄧ↘]，
[ㄙㄚ　ㄧㄚ↘][ㄇㄠ↘][ㄅㄜㄖ↘　ㄉㄜ↗　ㄇㄨ↘][ㄉㄜ　ㄥㄢ↘]
[ㄅㄚ　ㄅㄚㄎ↘][ㄉㄧ↗　ㄖㄝㄎ↘　ㄉㄨㄖ↘][ㄨ　ㄉㄚ　ㄇㄚ↘]。
[ㄍㄚ　ㄅㄢ↘][ㄅㄜ↗　ㄌㄧ　ㄠ↘][ㄅㄧ　ㄙㄚ↘][ㄉㄧ↘][ㄉㄜ↗　ㄇㄨ　ㄧ↘]？

阿弟：阿米女士，我想與總經理約見面。何時能見到他呢？

Ami：Beliau bisa ditemui hari Rabu tanggal 18 April jam 10 pagi.

[ㄚ ㄇㄧ↘]：[ㄅㄜ↗ ㄌㄧ ㄠ↘][ㄅㄧ ㄙㄚ↘]
[ㄉㄧ↘][ㄉㄜ↗ ㄇㄨ ㄧ↘][ㄏㄚ ㄖㄧ↘][ㄖㄚ ㄅㄨ↘]
[ㄉㄤ↘ ㄍㄚㄌ↘][ㄉㄜ ㄌㄚ ㄅㄢ↘][ㄅㄜ ㄌㄚㄙ↘][ㄚㄆ↘ ㄖㄧㄌ↘]
[ㄓㄚㄇ↘][ㄙㄜ ㄅㄨ ㄌㄨ↘][ㄅㄚ ㄍㄧ↘]。

阿米：星期三 4 月 18 日上午 10 點能見到他。

Adi：Baik, Bu Ami, saya akan ke kantor Anda, hari Rabu tanggal 18 April sebelum jam 10 pagi.

[ㄚ ㄉㄧ↘]：[ㄅㄚ ㄧㄎ↘]，[ㄅㄨ↘][ㄚ ㄇㄧ↘]，
[ㄙㄚ ㄧㄚ↘][ㄚ ㄍㄢ↘][ㄍㄜ↘][ㄍㄢ↘ ㄉㄛㄖ↘][ㄢ↘ ㄉㄚ↘]，
[ㄏㄚ ㄖㄧ↘][ㄖㄚ ㄅㄨ↘][ㄉㄤ↘ ㄍㄚㄌ↘]
[ㄉㄜ ㄌㄚ ㄅㄢ↘][ㄅㄜ ㄌㄚㄙ↘][ㄚㄆ↘ ㄖㄧㄌ↘]
[ㄙㄜ ㄅㄜ ㄌㄨㄇ↘][ㄓㄚㄇ↘][ㄙㄜ ㄅㄨ ㄌㄨ↘][ㄅㄚ ㄍㄧ↘]。

阿弟：好的，阿米女士，我將在星期三 4 月 18 日上午 10 點前到貴公司。

Ami：Terima kasih, Pak Adi.

[ㄚ ㄇㄧ↘]：[ㄉㄜ ㄖㄧ ㄇㄚ↘][ㄍㄚ ㄒㄧ↘]，[ㄅㄚㄎ↘][ㄚ ㄉㄧ↘]。

阿米：謝謝，阿弟先生。

※ 電話用語的相關詞彙

perusahaan	公司
direktur utama	總經理
mau	要
ditemui	見面（被動用法，原型是 temu）
kantor	辦公室
sebelum	前

4. 連絡：電話號碼 MP3-73

Berapa nomor telepon Anda?

[ㄅㄜ↗ ㄖㄚ ㄅㄚ↘][ㄋㄛ ㄇㄛㄖ↘][ㄉㄜ↗ ㄌㄜ ㄅㄛㄣ↘]

[ㄢ↘ ㄉㄚ↘]？

您的電話號碼幾號呢？

Nomor telepon saya

kosong delapan satu satu — lima delapan sembilan

tiga — lima tujuh dua satu.

[ㄋㄛ ㄇㄛㄖ↘][ㄉㄜ↗ ㄌㄜ ㄅㄛㄣ↘][ㄙㄚ ㄧㄚ↘]

[ㄍㄛ ㄙㄨㄥ↘][ㄉㄜ ㄌㄚ ㄅㄢ↘][ㄙㄚ ㄉㄨ↘][ㄙㄚ ㄉㄨ↘]—

[ㄌㄧ ㄇㄚ↘][ㄉㄜ ㄌㄚ ㄅㄢ↘][ㄙㄜㄇ ㄅㄧ ㄌㄢ↘]

[ㄉㄧ ㄍㄚ↘]—[ㄌㄧ ㄇㄚ↘][ㄉㄨ ㄓㄨ↘][ㄉㄨ ㄚ↘]

[ㄙㄚ ㄉㄨ↘]。

我的電話號碼是 0811-5893-5721。

請把以下的數字套進例句中的**標色字**位置，開口說說看吧！

kosong dua satu — lima lima enam —

tiga satu tujuh dua

[ㄍㄛ ㄙㄨㄥ↘][ㄉㄨ ㄚ↘][ㄙㄚ ㄉㄨ↘]—

[ㄌㄧ ㄇㄚ↘][ㄌㄧ ㄇㄚ↘][ㄜ ㄋㄚㄇ↘]—

[ㄉㄧ ㄍㄚ↘][ㄙㄚ ㄉㄨ↘][ㄉㄨ ㄓㄨ↘][ㄉㄨ ㄚ↘]

021-556-3172

星期六

Hari Sabtu

kosong empat satu satu — tiga enam empat — tujuh delapan sembilan lima

[ㄍㄛ ㄙㄨㄥ↘][ㄜㄇ↘ ㄅㄚㄊ↘][ㄙㄚ ㄉㄨ↘][ㄙㄚ ㄉㄨ↘]－
[ㄉㄧ ㄍㄚ↘][ㄜ ㄋㄚㄇ↘][ㄜㄇ↘ ㄅㄚㄊ↘]－
[ㄉㄨ ㄓㄨ↘][ㄉㄜ ㄌㄚ ㄅㄢ↘][ㄙㄜㄇ ㄅㄧ ㄌㄢ↘]
[ㄌㄧ ㄇㄚ↘]

0411-364-7895

kosong tiga satu — tiga tujuh dua — satu dua tiga empat

[ㄍㄛ ㄙㄨㄥ↘][ㄉㄧ ㄍㄚ↘][ㄙㄚ ㄉㄨ↘]－
[ㄉㄧ ㄍㄚ↘][ㄉㄨ ㄓㄨ↘][ㄉㄨ ㄚ↘]－
[ㄙㄚ ㄉㄨ↘][ㄉㄨ ㄚ↘][ㄉㄧ ㄍㄚ↘][ㄜㄇ↘ ㄅㄚㄊ↘]

031-372-1234

kosong enam satu — tujuh tiga tiga — tiga delapan kosong kosong

[ㄍㄛ ㄙㄨㄥ↘][ㄜ ㄋㄚㄇ↘][ㄙㄚ ㄉㄨ↘]－
[ㄉㄨ ㄓㄨ↘][ㄉㄧ ㄍㄚ↘][ㄉㄧ ㄍㄚ↘]－
[ㄉㄧ ㄍㄚ↘][ㄉㄜ ㄌㄚ ㄅㄢ↘][ㄍㄛ ㄙㄨㄥ↘]
[ㄍㄛ ㄙㄨㄥ↘]

061-733-3800

認識印尼
mengenal
Indonesia

印尼的飲食習慣

由於印尼氣候濕熱，因此在飲食方面會以加重調味的方式來增進食慾。調味通常會用辣椒，而且喜歡加入當地盛產的香料，如胡椒、丁香、豆蔻等，甚至是椰漿。印尼人也很喜歡吃油炸的食物，如：炸蝦餅、炸菠菜、炸雞爪、炸牛皮等。

大部分的印尼人是以稻米為主食，不過也有些地方是以玉米、蕃薯。印尼有許多的淡水養殖業，所以有豐富的海鮮可以利用。更因為四季皆夏，所以終年皆可吃到熱帶及副熱帶蔬果。

印尼也因為宗教的影響，用餐時習慣用右手而不用左手。印尼人用右手來吃飯、拿取及傳遞食物。通常在吃飯或吃點心時，都會直接用右手抓起吃的，因此在許多餐廳中會看到一碗水，裡頭有一片檸檬，放在餐具旁邊，這是飯前飯後洗手用的。此外，回教徒忌諱吃豬肉食品、喝烈酒等。

具有代表性的印尼美食，如：巴東牛肉（Rendang）、沙嗲（Sate）、椰汁咖哩雞拉沙（Soto Ayam）、黃薑飯（Nasi Kuning）、加多加多（Gado-gado；印尼式沙拉，口味為綜合蔬菜淋花生醬）等。

Selamat berlibur

[ㄙㄜ ㄌㄚ ㄇㄚㄊ↘]

[ㄅㄜㄖ↗ ㄌㄧ ㄅㄨㄖ↘]

假期愉快

－學習內容－

1. 去哪裡？
2. 點餐
3. 看醫生
4. 我喜歡……（興趣）

－學習目標－

把最基本的「去哪裡」、「點餐」、「看醫生」、「我喜歡……」搞定，不僅僅可以開口說說印尼語，您還是印尼語達人了！加油！

1. 去哪裡？ MP3-74

① 詢問去處

Mau ke mana?
[ㄇㄠ↘][ㄍㄜ↗][ㄇㄚ ㄋㄚ↘]？
要去哪裡？

Mau ke Jepang.
[ㄇㄠ↘][ㄍㄜ↗][ㄓㄜ↗ ㄅㄤ↘]。
要去日本。

請把以下的單字套進例句中的**標色字**位置，開口說說看吧！

pelabuhan
[ㄅㄜ↗ ㄌㄚ↗ ㄅㄨ ㄏㄢ↘]
碼頭

stasiun kereta api
[ㄕㄉㄚ↗ ㄒㄧ ㄨㄣ↘]
[ㄍㄜ↗ ㄖㄝ ㄉㄚ↘]
[ㄚ ㄅㄧ↘]
火車站

bandara
[ㄅㄢ↘ ㄉㄚ ㄖㄚ↘]
飛機場

luar kota
[ㄌㄨ↘ ㄚㄖ↘][ㄍㄛ ㄉㄚ↘]
郊外

pantai
[ㄅㄢ↘ ㄉㄞ↘]
海邊

MP3-75

❷ 問票價

A B

Berapa harga tiket pesawat ke Taiwan?

[ㄅㄜ↗ ㄖㄚ ㄅㄚ↘][ㄏㄚㄖ ㄍㄚ↘][ㄉㄧ ㄍㄝㄊ↘]

[ㄅㄜ↗ ㄙㄚ ㄨㄚㄊ↘][ㄍㄜ↗][ㄉㄞ↘ ㄨㄢ↗]？

到台灣的機票多少錢？

請把以下的單字套進例句中的**標色字**位置，開口說說看吧！

A：交通工具

bis

[ㄅㄧㄙ↘]

巴士

kereta api

[ㄍㄜ↗ ㄖㄝ ㄉㄚ↘]

[ㄚ ㄅㄧ↘]

火車

kapal

[ㄍㄚ ㄅㄚㄌ↘]

船

B：目的地

Bandung

[ㄅㄢ↘ ㄉㄨㄥ↘]

萬隆

Surabaya

[ㄙㄨ↗ ㄖㄚ↗ ㄅㄚ ㄧㄚ↘]

泗水

Menado

[ㄇㄜ↗ ㄋㄚ↗ ㄉㄛ↘]

美納多

星期日

MP3-76

③ 來回票價

Tiket pulang pergi lima juta rupiah.

[ㄉㄧ　ㄍㄝㄊ↘][ㄅㄨ　ㄌㄤ↘][ㄅㄜㄖ↘　ㄍㄧ↘]
[ㄌㄧ　ㄇㄚ↘][ㄓㄨ　ㄉㄚ↘][ㄖㄨ↗　ㄅㄧ　ㄚ↘]。

來回票印尼盾 5,000,000 元。

sekali jalan
[ㄙㄜ↗　ㄍㄚ↗　ㄌㄧ↘][ㄓㄚ↘　ㄌㄢ↘]
單程

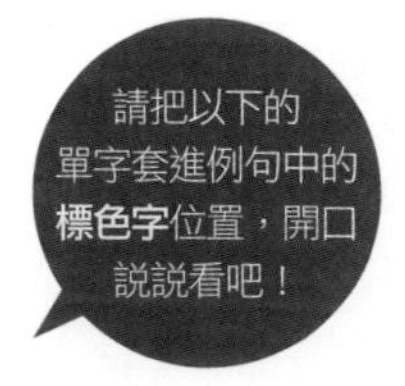

pulang
[ㄅㄨ　ㄌㄤ↘]
回程

pergi
[ㄅㄜㄖ↘　ㄍㄧ↘]
去程

2. 點餐 MP3-77

① 要點什麼？

Mau pesan apa, Bu?

[ㄇㄠ↘][ㄅㄜ↗ ㄙㄢ↘][ㄚ ㄅㄚ↘]，[ㄅㄨ↘]？

要點什麼，女士？

Gado-gado satu, terima kasih.

[ㄍㄚ↘ ㄉㄛ↘][ㄍㄚ↘ ㄉㄛ↘][ㄙㄚ ㄉㄨ↘]，

[ㄉㄜ ㄖㄧ ㄇㄚ↘][ㄍㄚ ㄒㄧ↘]。

「加多加多」一份，謝謝。

※ 加多加多（Gado-gado）是一種淋花生醬的蔬菜沙拉，是印尼很有特色及代表的菜名。

※ 注意！

假如對方問要點什麼，基本上只要直接回答菜名，對方也會懂。

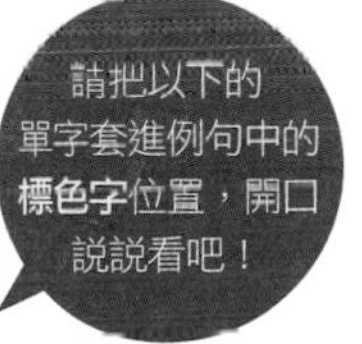

nasi goreng
[ㄋㄚ ㄒㄧ↘][ㄍㄛ ㄖㄥ↘]
炒飯

rendang
[ㄖㄣ↘ ㄉㄤ↘]
巴東牛肉

bubur ayam
[ㄅㄨ ㄅㄨㄖ↘][ㄚ ㄧㄚㄇ↘]
雞肉粥

ayam goreng
[ㄚ ㄧㄚㄇ↘][ㄍㄛ ㄖㄥ↘]
炸雞

星期日

星期日

Hari Minggu

soto ayam

[ㄙㄛ　ㄉㄛ↘][ㄚ　ㄧㄚㄇ↘]

雞絲冬粉湯

daging ayam

[ㄉㄚ　ㄍㄧㄥ↘][ㄚ　ㄧㄚㄇ↘]

雞肉

sup buntut

[ㄙㄨㄅ↘][ㄅㄨㄣ　ㄉㄨㄊ↘]

牛尾湯

daging sapi

[ㄉㄚ　ㄍㄧㄥ↘][ㄙㄚ　ㄅㄧ↘]

牛肉

nasi kuning

[ㄋㄚ　ㄒㄧ↘][ㄍㄨ　ㄋㄧㄥ↘]

黃薑飯

daging kambing

[ㄉㄚ　ㄍㄧㄥ↘]

[ㄍㄚㄇ↘　ㄅㄧㄥ↘]

羊肉

tahu goreng

[ㄉㄚ　ㄏㄨ↘][ㄍㄛ　ㄖㄥ↘]

炸豆腐

daging babi

[ㄉㄚ　ㄍㄧㄥ↘][ㄅㄚ　ㄅㄧ↘]

豬肉

ikan goreng

[ㄧ　ㄍㄢ↘][ㄍㄛ　ㄖㄥ↘]

炸魚

MP3-78

② 印尼語中點餐時常用的句子

enak sekali

[ㄝ↘　ㄋㄚㄎ↘] [ㄙㄜ↗　ㄍㄚ↗　ㄌㄧ↘]

很好吃

tambah satu lagi

[ㄉㄚㄇ↘　ㄅㄚ↘] [ㄙㄚ　ㄉㄨ↘] [ㄌㄚ　ㄍㄧ↘]

再加一份

pedas sekali

[ㄅㄜ　ㄉㄚㄙ↘] [ㄙㄜ↗　ㄍㄚ↗　ㄌㄧ↘]

很辣

pedas sedikit

[ㄅㄜ　ㄉㄚㄙ↘] [ㄙㄜ↗　ㄉㄧ　ㄍㄧㄊ↘]

小辣

tidak pedas

[ㄉㄧ　ㄉㄚㄎ↘] [ㄅㄜ　ㄉㄚㄙ↘]

不辣

MP3-79

❸ 添加調味料

pakai sambal
[ㄅㄚ　ㄍㄞ↘][ㄙㄚㄇ↘　ㄅㄚㄌ↘]
加辣椒

tidak pakai sambal
[ㄉㄧ　ㄉㄚㄎ↘][ㄅㄚ　ㄍㄞ↘][ㄙㄚㄇ↘　ㄅㄚㄌ↘]
不加辣椒

請把以下的單字套進例句中的**標色字**位置，開口說說看吧！

garam
[ㄍㄚ　ㄖㄚㄇ↘]
鹽

gula
[ㄍㄨ↘　ㄌㄚ↘]
糖

telur
[ㄉㄜ↗　ㄌㄨㄖ↘]
蛋

es
[ㄝㄙ↘]
冰塊

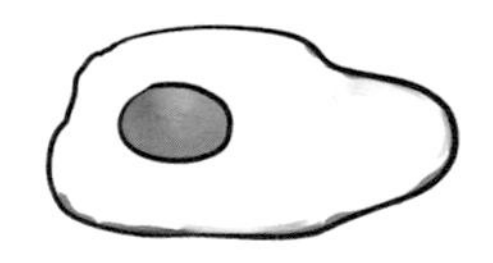

MP3-80

❹ 開口對話看看吧！（點餐時）

Pelayan：Selamat malam, Pak! Mau pesan apa?

[ㄅㄜ↗ ㄌㄚ 一ㄢ↘]：[ㄙㄜ ㄌㄚ ㄇㄚㄊ↘][ㄇㄚ ㄌㄚㄇ↘]，[ㄅㄚㄎ↘]！
[ㄇㄠ↘][ㄅㄜ↗ ㄙㄢ↘][ㄚ ㄅㄚ↘]？

服務員：晚安，先生！要點什麼嗎？

Tono：Nasi goreng satu, soto ayam dua.

[ㄉㄛ ㄋㄛ↘]：[ㄋㄚ ㄒ一↘][ㄍㄛ ㄖㄥ↘][ㄙㄚ ㄉㄨ↘]，
[ㄙㄛ ㄉㄛ↘][ㄚ 一ㄚㄇ↘][ㄉㄨ ㄚ↘]。

多諾：炒飯1份，雞絲冬粉湯2份。

Pelayan：Baik, Pak. Mau minum apa?

[ㄅㄜ↗ ㄌㄚ 一ㄢ↘]：[ㄅㄚ 一ㄎ↘]，[ㄅㄚㄎ↘]。
[ㄇㄠ↘][ㄇ一 ㄋㄨㄥ↘][ㄚ ㄅㄚ↘]？

服務員：好的，先生。要喝什麼嗎？

Tono：Teh manis dua, tidak pakai es.

[ㄉㄛ ㄋㄛ↘]：[ㄉㄝ↘][ㄇㄚ ㄋ一ㄙ↘][ㄉㄨ ㄚ↘]，
[ㄉ一 ㄉㄚㄎ↘][ㄅㄚ ㄍㄞ↘][ㄝㄙ↘]。

多諾：甜紅茶2杯，去冰。

Pelayan：Baik, Pak. Silakan tunggu sebentar.

[ㄅㄜ↗ ㄌㄚ 一ㄢ↘]：[ㄅㄚ 一ㄎ↘]，[ㄅㄚㄎ↘]。
[ㄒ一 ㄌㄚ ㄍㄢ↘][ㄉㄨㄥ↘ ㄍㄨ][ㄙㄜ ㄅㄣ↘ ㄌㄚㄖ↘]

服務員：好的，先生。請稍待一下。

Tono ： **Terima kasih.**

[ㄉㄛ　ㄋㄛ↘]：[ㄉㄜ　ㄖㄧ　ㄇㄚ↘][ㄍㄚ　ㄒㄧ↘]。

多諾：謝謝。

上菜時：

Pelayan ： Selamat menikmati.

[ㄅㄜ↗　ㄌㄚ　ㄧㄢ↘]：[ㄙㄜ　ㄌㄚ　ㄇㄚㄊ↘][ㄇㄜ　ㄋㄧㄎ↘　ㄇㄚ　ㄉㄧ↘]。

服務員：請享用。

Tono ： **Terima kasih.**

[ㄉㄛ　ㄋㄛ↘]：[ㄉㄜ　ㄖㄧ　ㄇㄚ↘][ㄍㄚ　ㄒㄧ↘]。

多諾：謝謝。

3. 看醫生 MP3-81

① 生什麼病？

Saya sakit. Saya mau ke dokter.

[ㄙㄚ　ㄧㄚ↘][ㄙㄚ　ㄍㄧㄊ↘]。

[ㄙㄚ　ㄧㄚ↘][ㄇㄠ↘][ㄍㄜ↘][ㄉㄛㄎ↘　ㄉㄜㄖ↘]。

我生病。我要看醫生。

Sakit apa?

[ㄙㄚ　ㄍㄧㄊ↘][ㄚ　ㄅㄚ↘]？

生什麼病呢？

Sakit demam berdarah.

[ㄙㄚ　ㄍㄧㄊ↘][ㄉㄜ　ㄇㄚㄇ↘][ㄅㄜㄖ↘　ㄉㄚ　ㄖㄚ↘]。

感染登革熱。

※ 注意！

在不正式場面回答時，可以不再重複說「sakit」這個字，可以直接說病名就行了。

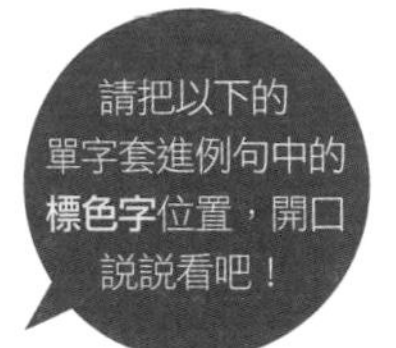

diare

[ㄉㄧ↗　ㄚ　ㄖㄝ↘]

腹瀉

darah tinggi

[ㄉㄚ　ㄖㄚ↘]

[ㄉㄧㄥ↘　ㄍㄧ↘]

高血壓

星期日

kencing manis
[ㄍㄣ　ㄐㄧㄥ↘] [ㄇㄚ　ㄋㄧㄙ↘]
糖尿病

kanker
[ㄍㄢ↘　ㄍㄜㄖ↘]
癌症

asam urat
[ㄚ　ㄙㄚㄇ↘] [ㄨ　ㄖㄚㄊ↘]
尿酸

MP3-82

❷ 印尼語中看病時常用的句子

gejala
[ㄍㄜ↗　ㄓㄚ　ㄌㄚ↘]
症狀

muntah
[ㄇㄨㄣ　ㄉㄚ↘]
嘔吐

pusing
[ㄅㄨ　ㄒㄧㄥ↘]
頭暈

sakit kepala
[ㄙㄚ　ㄍㄧㄊ↘] [ㄍㄜ　ㄅㄚ　ㄌㄚ↘]
頭疼

sakit gigi
[ㄙㄚ ㄍㄧㄊ↘][ㄍㄧ ㄍㄧ↘]
牙齒疼

sakit perut
[ㄙㄚ ㄍㄧㄊ↘][ㄅㄜ↗ ㄖㄨㄊ↘]

perut kembung
[ㄅㄜ↗ ㄖㄨㄊ↘][ㄍㄜㄇ↗ ㄅㄨㄥ↘]
脹氣

masuk angin
[ㄇㄚ ㄙㄨㄎ↘][ㄚ ㄥㄧㄣ↘]
風寒

keracunan makanan
[ㄍㄜ↗ ㄖㄚ↗ ㄗㄨ ㄋㄢ↘][ㄇㄚ↗ ㄍㄚ ㄋㄢ↘]
食物中毒

selera makan
[ㄙㄜ↗ ㄌㄝ ㄖㄚ↘][ㄇㄚ ㄍㄢ↘]
食慾

星期日

cepat sembuh
[ㄗㄜ　ㄅㄚㄊ↘][ㄙㄜㄇ　ㄅㄨ↘]
早日康復

sesuai dengan resep dokter
[ㄙㄜ↗　ㄙㄨ　ㄞ↘][ㄉㄜ↗　ㄥㄢ↘]
[ㄖㄜ　ㄙㄝㄅ↘][ㄉㄛㄎ↘　ㄉㄜㄖ↘]
按照醫生處方

tiga kali sehari
[ㄉㄧ　ㄍㄚ↘][ㄍㄚ　ㄌㄧ↘][ㄙㄜ　ㄏㄚ　ㄖㄧ↘]
三次一天（一日三次）

setelah makan 或 sesudah makan
[ㄙㄜ　ㄉㄜ　ㄌㄚ↘][ㄇㄚ　ㄍㄢ↘]或
[ㄙㄜ　ㄙㄨ　ㄉㄚ↘][ㄇㄚ　ㄍㄢ↘]
飯後

sebelum makan
[ㄙㄜ　ㄅㄜ　ㄌㄨㄇ↘][ㄇㄚ　ㄍㄢ↘]
飯前

banyak istirahat
[ㄅㄚ　ㄋㄧㄚㄎ↘][ㄧㄙ　ㄉㄧ　ㄖㄚ　ㄏㄚㄊ↘]
多休息

MP3-83

❸ 開口對話看看吧！

Dokter：Selamat siang!

[ㄉㄛㄎ↘　ㄉㄜㄖ↘]：[ㄙㄜ　ㄌㄚ　ㄇㄚㄊ↘][ㄒㄧ　ㄤ↘]！

醫生：午安！

Lisa：Selamat siang, Dok! Sejak kemarin saya muntah, sakit kepala dan tidak ada selera makan.

[ㄌㄧ　ㄙㄚ↘]：[ㄙㄜ　ㄌㄚ　ㄇㄚㄊ↘][ㄒㄧ　ㄤ↘]，[ㄉㄛㄎ↘]！
[ㄙㄜ↗　ㄓㄚㄎ↘][ㄍㄜ↗　ㄇㄚ　ㄖㄧㄣ↘][ㄙㄚ　ㄧㄚ↘][ㄇㄨㄣ　ㄉㄚ↘]，
[ㄙㄚ　ㄍㄧㄊ↘][ㄍㄜ　ㄅㄚ　ㄌㄚ↘][ㄉㄢ↘][ㄉ　ㄉㄚㄎ↘][ㄚ　ㄉㄚ↘]
[ㄙㄜ↗　ㄌㄝ　ㄖㄚ↘][ㄇㄚ　ㄍㄢ↘]。

麗莎：午安，醫生！我從昨天開始嘔吐，頭疼以及沒有食慾。

Dokter：Anda sudah muntah berapa kali?

[ㄉㄛㄎ↘　ㄉㄜㄖ↘]：[ㄢ↘　ㄉㄚ↘][ㄙㄨ　ㄉㄚ↘][ㄇㄨㄣ　ㄉㄚ↘]
[ㄅㄜ↗　ㄖㄚ　ㄅㄚ↘][ㄍㄚ　ㄌㄧ↘]？

醫生：您嘔吐幾次了？

Lisa：Lima kali, Dok.

[ㄌㄧ　ㄙㄚ↘]：[ㄌㄧ　ㄇㄚ↘][ㄍㄚ　ㄌㄧ↘]，[ㄉㄛㄎ↘]。

麗莎：5 次，醫生。

星期日

Dokter：Coba saya periksa. Anda keracunan makanan. Ini obatnya, makan sesuai dengan resep dokter.

[ㄉㄛㄎ↘　ㄉㄜㄖ↘]：[ㄗㄛ　ㄅㄚ↘][ㄙㄚ　ㄧㄚ↘][ㄅㄜ↗　ㄖㄧㄎ↘　ㄙㄚ↘]。
[ㄢ↘　ㄉㄚ↘][ㄍㄜ↗　ㄖㄚ↗　ㄗㄨ　ㄋㄢ↘][ㄇㄚ↗　ㄍㄚ　ㄋㄢ↘]。
[ㄧ　ㄋㄧ↘][ㄛ　ㄅㄚㄊ↘　ㄣㄧㄚ↘]，[ㄇㄚ　ㄍㄢ↘][ㄙㄜ↗　ㄙㄨ　ㄞ↘]
[ㄉㄜ↗　ㄥㄢ↘][ㄖㄜ　ㄙㄝㄅ↘][ㄉㄛㄎ↘　ㄉㄜㄖ↘]。

醫生：我來檢查。您是食物中毒。這是藥，請按照醫生處方使用。

Lisa：Baik, Dok. Terima kasih.

[ㄌㄧ　ㄙㄚ↘]：[ㄅㄚ　ㄧㄎ↘]，[ㄉㄛㄎ↘]。
[ㄉㄜ　ㄖㄧ　ㄇㄚ↘][ㄍㄚ　ㄒㄧ↘]。

麗莎：好，醫生。謝謝。

Dokter：Sama-sama. Semoga cepat sembuh.

[ㄉㄛㄎ↘　ㄉㄜㄖ↘]：[ㄙㄚ↗　ㄇㄚ↘][ㄙㄚ↗　ㄇㄚ↘]。
[ㄙㄜ↗　ㄇㄛ　ㄍㄚ↘][ㄗㄜ　ㄅㄚㄊ↘][ㄙㄜㄇ　ㄅㄨ↘]。

醫生：彼此彼此。希望早日康復。

4. 我喜歡～（興趣） MP3-84

① 生什麼病？

Saya suka berenang.

[ㄙㄚ　ㄧㄚ↘][ㄙㄨ　ㄍㄚ↘][ㄅㄜ↗　ㄖㄜ↗　ㄋㄤ↘]。

我喜歡游泳。

※注意！

「suka」這個字，意思可以是喜歡或愛，跟英文的「like」一樣的意思。「suka」也可以是說興趣。

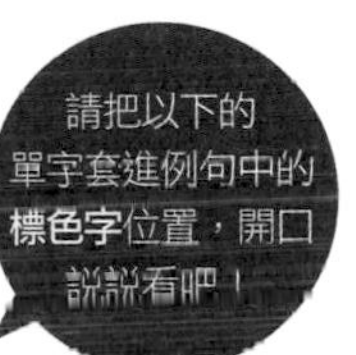

kasti
[ㄍㄚㄙ↘　ㄉㄧ↘]
棒球

basket
[ㄅㄚㄙ↘　ㄍㄝㄊ↘]
籃球

menulis
[ㄇㄜ↗　ㄋㄨ　ㄌㄧㄙ↘]
寫作

memasak
[ㄇㄜ↗　ㄇㄚ　ㄙㄚㄎ↘]
烹飪

rekreasi
[ㄖㄝㄎ↘　ㄖㄝ↗　ㄚ　ㄒㄧ↘]
出遊

voli
[ㄈㄛ　ㄌㄧ↘]
排球

makan
[ㄇㄚ　ㄍㄢ↘]
吃

星期日
Hari Minggu

MP3-85

❷ 開口對話看看吧！

Ali：Hai, Tini! Apa kabar?

[ㄚ　ㄌㄧ↘]：[ㄏㄞ↘]，[ㄉㄧ　ㄋㄧ↘]！[ㄚ　ㄅㄚ↘][ㄍㄚ　ㄅㄚㄖ↘]？

阿里：嗨，蒂妮！你好嗎？

Tini：Hai, Ali! Baik! Kamu?

[ㄉㄧ　ㄋㄧ↘]：[ㄏㄞ↘]，[ㄚ　ㄌㄧ↘]！[ㄅㄚ　ㄧㄎ↘]！[ㄍㄚ　ㄇㄨ↗]？

蒂妮：嗨，阿里！好啊！你呢？

Ali：Baik. Mau ke mana?

[ㄚ　ㄌㄧ↘]：[ㄅㄚ　ㄧㄎ↘]。[ㄇㄠ↘][ㄍㄜ↗][ㄇㄚ　ㄋㄚ↗]？

阿里：很好。你要去哪裡？

Tini：Mau ke kolam renang. Saya suka berenang. Mau ikut?

[ㄉㄧ　ㄋㄧ↘]：[ㄇㄠ↘][ㄍㄜ↗][ㄍㄛ　ㄌㄚㄇ↘][ㄖㄜ↗　ㄋㄤ↘]。
[ㄙㄚ　ㄧㄚ↘][ㄙㄨ　ㄍㄚ↘][ㄅㄜ↗　ㄖㄜ↗　ㄋㄤ↘]。
[ㄇㄠ↘][ㄧ　ㄍㄨㄊ↗]？

蒂妮：我要去游泳池。我喜歡游泳。你要一起去嗎？

Ali：Tidak, terima kasih. Saya tidak suka berenang, saya takut air. Saya suka basket.

[ㄚ　ㄌㄧ↘]：[ㄉㄧ　ㄉㄚㄎ↘]，[ㄉㄜ　ㄖㄧ　ㄇㄚ↘][ㄍㄚ　ㄒㄧ↘]。
[ㄙㄚ　ㄧㄚ↘][ㄉㄧ　ㄉㄚㄎ↘][ㄙㄨ　ㄍㄚ↘][ㄅㄜ↗　ㄖㄜ↗　ㄋㄤ↘]，

[ㄙㄚ　ㄧㄚ↘][ㄉㄚ　ㄍㄨㄊ↘][ㄚ　ㄧㄖ↘]。
[ㄙㄚ　ㄧㄚ↘][ㄙㄨ　ㄍㄚ↘][ㄅㄚㄙ↘　ㄍㄝㄊ↘]。
阿里：不，謝謝。我不喜歡游泳，我怕水。我喜歡籃球 。

Tini：Oh, begitu! Baiklah! Saya berenang dulu ya.
[ㄉㄧ　ㄋㄧ↘]：[ㄛ↘]，[ㄅㄜ↗　ㄍㄧ　ㄉㄨ↘]！[ㄅㄚ　ㄧㄎ↘　ㄌㄚ↘]！
[ㄙㄚ　ㄧㄚ↘][ㄅㄜ↗　ㄖㄜ↗　ㄋㄤ↘][ㄉㄨ　ㄌㄨ↘][ㄧㄚ↗]。
蒂妮：喔，那樣子！好吧！我先去游泳喔。

Ali：Baik. Sampai jumpa.
[ㄚ　ㄌㄧ↘]：[ㄅㄚ　ㄧㄎ↘]。[ㄙㄚㄇ↘　ㄅㄞ↘][ㄓㄨㄇ↘　ㄅㄚ↘]。
阿里：好。再見。

Tini：Sampai jumpa.
[ㄉㄧ　ㄋㄧ↘]：[ㄙㄚㄇ↘　ㄅㄞ↘][ㄓㄨㄇ↘　ㄅㄚ↘]。
蒂妮：再見。

※ 有關興趣的相關詞彙

kolam renang	游泳池
ikut	跟著
tidak suka	不喜歡
takut	害怕
oh, begitu	喔，那樣子

印尼的觀光景點

豐富的大自然與多姿多彩的文化，是印尼觀光最吸引人的地方。美麗的峇里島（Pulau Bali）、布納肯島（Pulau Bunaken）是著名的潛水勝地，而東爪哇的婆羅摩火山（Gunung Bromo）、多巴湖（Danau Toba）、蘇門答臘島境內的數個國家公園，則是印尼境內的主要旅遊景點。

印尼多樣的大自然景點不僅為其文化遺產增添不少色彩，同時也反映了印尼歷史與族群的多元性，其中之一就是在印尼群島內通行的719種地方語言。

古老的普蘭巴南（Prambanan）和婆羅浮屠（Borobudur）寺廟；托拉雅族（Toraja）所在的蘇拉威西島、民南卡包族（Minangkabau）所在的西蘇門答臘、日惹（Yogyakarta）和峇里島，都是印尼節日慶典時舉行儀式的地點，同時也開放給觀光客參觀，讓他們能夠了解當地文化。

蘇門答臘和爪哇更是旅客喜愛觀光的地方，世上最長的海岸線之一也在這裡，此海岸線長達54,716公里。印尼的海灘如峇里島、龍目島（Lombok）、民當島（Bintan）和尼亞斯島（Nias）等，都是外國觀光客最愛的旅遊景點。

徜徉在印尼的大自然環境下可以進行豐富的觀光活動，如潛水、衝浪、參觀國家公園、登火山、文化之旅、參觀古老的廟宇以及嘗試美食，享受印尼最多樣的面貌。

位在日惹的佛寺

位於東爪哇島上的婆羅摩火山

Sampai jumpa

[ㄙㄚㄇ↘　ㄅㄞ↘]
[ㄓㄨㄇ↘　ㄅㄚ↘]
再見

附錄

Lampiran

自我練習
解答

星期一
Hari Senin

II. 聽力練習─請把聽到的單字寫出來

1. kemarau 乾季
2. besar 大
3. obat 藥
4. toko 店鋪
5. kakak 哥哥、姐姐
6. koboi 牛仔
7. ibu 媽媽、女士
8. sampai 到達、至
9. biru 藍色
10. umur 年齡

III. 單詞練習─連連看

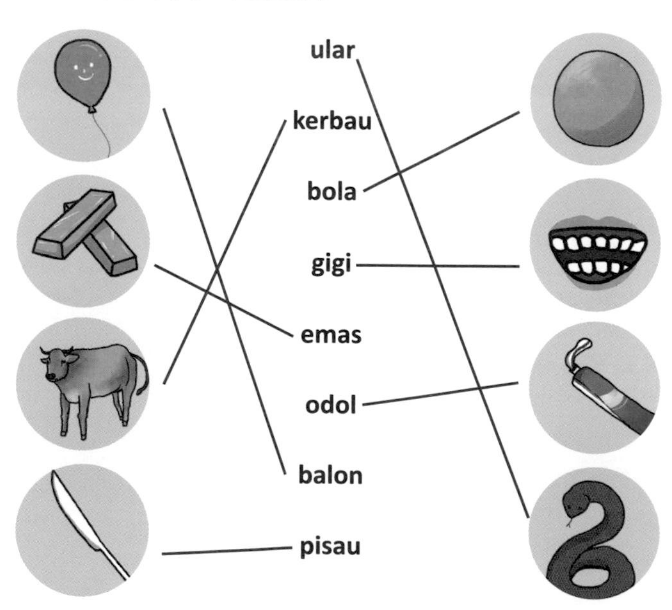

星期二
Hari Selasa

II. 聽力練習—請把聽到的單字寫出來

1. koran 報紙
2. cepat 快速
3. kaya 富有
4. tahun 年
5. tolong 救命、請幫忙
6. suka 喜歡
7. sehat 健康
8. sibuk 忙
9. pergi 去
10. pulang 回家

III. 單詞練習—連連看

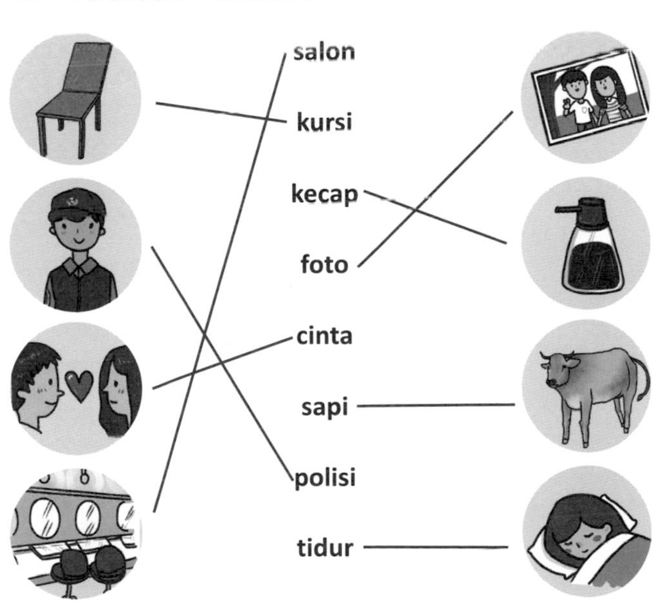

附錄

星期三
Hari Rabu

II. 聽力練習─請把聽到的單字寫出來

1. bulan 月亮
2. durian 榴槤
3. gereja 教會
4. jodoh 緣份
5. visa 簽證
6. jembatan 橋
7. jalan 路、行走
8. vas 花瓶
9. zaman 時代
10. bola 球

III. 單詞練習─連連看

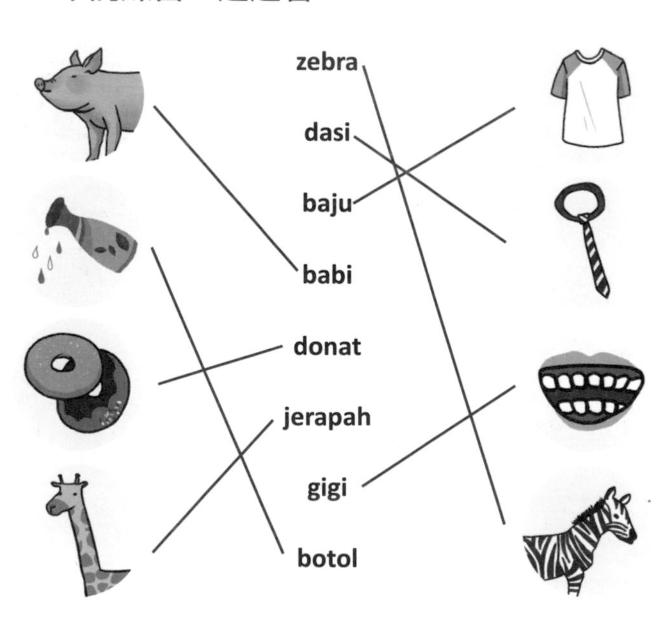

星期四

Hari Kamis

II. 聽力練習—請把聽到的單字寫出來

1. monyet 猴子
2. minggu 週、星期日
3. waspada 警覺
4. mewah 豪華
5. minum 喝
6. nasi 飯
7. makan 吃
8. ayah 父親
9. yoga 瑜珈
10. menikah 結婚

III. 單詞練習—連連看

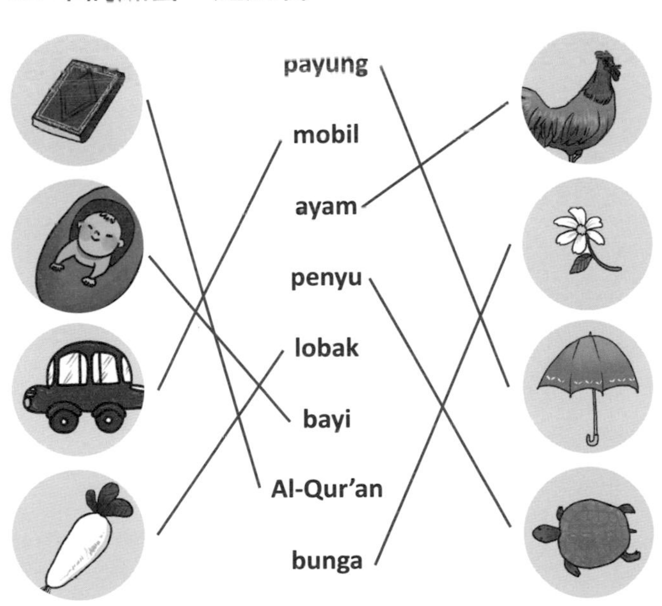

附錄

星期五
Hari Jumat

練習一下！

1. ayah	父親
2. anak perempuan	女兒
3. kakek	外公
4. anak laki-laki	兒子
5. anak perempuan	女兒
6. cucu laki-laki	孫子
7. bibi	阿姨
8. sepupu laki-laki	表哥、表弟
9. keponakan laki-laki	侄子
10. adik perempuan	妹妹

峇里島美麗的日落

國家圖書館出版品預行編目資料

信不信由你 一週開口説印尼語 / 許婉琪作；
-- 初版 -- 臺北市：瑞蘭國際 , 2015.10
208 面；17 x 23 公分 --（繽紛外語系列；50）
ISBN：978-986-5639-40-2（平裝附光碟片）
1. 印尼語 2. 讀本

803.9118 104017443

繽紛外語系列 50

信不信由你
一週開口説印尼語

作者｜許婉琪
責任編輯｜潘治婷、王愿琦
校對｜許婉琪、潘治婷、王愿琦

印尼語錄音｜黃聖良、吳君儀・錄音室｜純粹數位錄音室
封面設計、內文排版｜劉麗雪・插畫｜ Syuan Ho・地圖｜余佳憓

董事長｜張暖彗・社長兼總編輯｜王愿琦・主編｜葉仲芸
編輯｜潘治婷・編輯｜紀珊・編輯｜林家如・設計部主任｜余佳憓
業務部副理｜楊米琪・業務部專員｜林湲洵・業務部專員｜張毓庭

出版社｜瑞蘭國際有限公司・地址｜台北市大安區安和路一段 104 號 7 樓之 1
電話｜ (02)2700-4625・傳真｜ (02)2700-4622・訂購專線｜ (02)2700-4625
劃撥帳號｜ 19914152 瑞蘭國際有限公司
瑞蘭網路書城｜ www.genki.com.tw
總經銷｜聯合發行股份有限公司・電話｜ (02)2917-8022、2917-8042
傳真｜ (02)2915-6275、2915-7212・印刷｜宗祐印刷有限公司
出版日期｜ 2015 年 10 月初版 1 刷・定價｜ 320 元・ISBN ｜ 978-986-5639-40-2

瑞蘭國際

瑞蘭國際